Nicht alle Schlangen zischen bevor sie dich angreifen, einige umarmen dich.

Suca Elles

Schlangen unter Palmen

Roman

© 2017 Suca Elles
Umschlag, Illustration: Suca Elles
Verlag: tredition GmbH, Hamburg

ISBN Paperback   978-3-7345-9518-9
ISBN Hardcover   978-3-7345-9519-6
ISBN e-Book   978-3-7345-9520-2

Printed in Germany

Vorwort

Dieser Roman entstand inspiriert durch eine Reise auf die Malediven und beinhaltet Tatsachen, wie z.B. die Sehenswürdigkeiten von Male, die Geschichte und die wirtschaftliche Situation. Reine Fiktion ist die Insel Sundance Island. Die Personen und ihre Handlungen sind ebenfalls frei erfunden. Etwaige Ähnlichkeiten mit lebenden oder toten Personen wären daher rein zufällig.

Prolog

Der Spätsommerabend war noch angenehm warm. Ich hatte mit meiner Schwester einen der beiden letzten freien Tische vor einem indischen Restaurant im Marais-Viertel in Paris ergattert. Wir rauchten und tranken Wein und warteten auf unser Essen.

„Schade, dass wir morgen schon wieder zurück fahren" sagte Dita.

Dieser Name war ihr geblieben, seit sie sich mit knapp einem Jahr selbst so bezeichnet hatte. Vielleicht hatten mir unsere Eltern deshalb vorsorglich einen einfachen Namen gegeben....

Am besten stelle ich mich kurz vor. Mein Name ist Isa und ich habe - genau wie meine zwei Jahre ältere Schwester Margarita - die Mitte des Lebens bereits überschritten. Mindestens zweimal jährlich fahren wir zusammen in eine Stadt unserer Wahl, sehen uns die historischen, kulturellen und architektonischen Highlights an und gehen shoppen. Und heute war also unser letzter Abend der Kurzreise nach Paris.

Der Kellner brachte die Vorspeisen.

„Verrätst du mir jetzt, was du bestellt hast?" fragte Dita.

„Iß es einfach", sagte ich „es schmeckt sehr gut. Später sage ich dir, was es war." Und als ich ihren kritischen Blick bemerkte: „Keine Angst, es ist nichts Ekliges, alles rein vegetarisch".

Am Nebentisch entstand Bewegung. Ein junges Paar nahm Platz. Die Frau war eine exotische Schönheit von etwa Anfang Zwanzig, sehr klein und zierlich. Sie trug einen rote hijab, dazu eine enges weiß-rotes T-Shirt und mittelblaue Jeans. Ihr Begleiter war mittelgroß und sehr schlank. Ein schwarzer Kinnbart und auf den Wangen ein 3-Tage-Bart zierten sein Gesicht, das von lockigem schwarzen Haar eingerahmt wurde. Jetzt wandte er den Blick von seiner Begleiterin ab und sah zu uns herüber.....

Mich durchfuhr es wie ein Blitz. Diese Augen! Er mochte um die Vierzig sein, war attraktiv, allerdings hatten die Augen einen ganz besonderen Ausdruck. Sie waren traurig....nein, nicht nur...da war noch etwas anderes. Hinter ihnen verbarg sich etwas, das mich berührte und gleichzeitig ein wenig beunruhigte. Es war der Ausdruck, den Menschen in ihren Augen tragen, die von etwas zutiefst verstört worden sind. Es war in ihnen etwas von erlebtem Leiden, Augen die Dinge gesehen hatten, die sie nicht vergessen konnten. Mir fiel spontan die Zeile eines Songs von Maire Brennan ein: „See my eyes are older now, broken dreams behind".... Das traf es annähernd. Dieser Mann hatte in seinem jungen Gesicht alte Augen, gefüllt mit zerbrochenen Träumen und mehr, wovon ich keine Ahnung hatte, was es sein könnte.

Ich war unachtsam gewesen und hatte den Blick nicht schnell genug abgewandt, als er mich ansah. Ein leichtes Lächeln umspielte seinen Mund, und er nickte unmerklich mit dem Kopf. Ich erwiderte sein Lächeln und wandte mich dem Kellner zu, der die Hauptspeise brachte.

Dita grinste und sagte: „Ich war jetzt gespannt, ob du wenigstens den Kellner zur Kenntnis nimmst. Du warst nämlich geistig komplett abwesend, wenn ich das mal so sagen darf, aber ich versteh dich, der Knabe am Nebentisch ist ja wirklich faszinierend. Was glaubst du, woher kommen die beiden?"

„Keine Ahnung" sagte ich. „Ich habe die Sprache, in der sie sich unterhalten, noch nie gehört. Ich tippe mal auf Indien oder Sri Lanka. Auf jeden Fall kommen sie aus einem muslimischen Land".

Die Augen des Mannes wanderten wieder zu uns herüber und für einen kurzen Augenblick streiften sich unsere Blicke. Dies geschah noch öfter während des Essens und des anschließenden Kaffees, so lange, bis die beiden schließlich aufbrachten. Er drehte sich noch einmal um, schenkte mir ein Lächeln und war in der Menschenmenge verschwunden.

„Erde an Isa. Bist du wieder gelandet? Also sag, was haben wir heute gegessen. Es war wirklich ausgesprochen lecker." Ditas Stimme holte mich zurück in die Gegenwart, in meinem Gedächtnis jedoch hatten sich die Augen eingebrannt.

Nachdem ich fast sechs Stunden ununterbrochen juristische Texte übersetzt hatte, beschloss ich, mir einen Kaffee und eine Waffel zu gönnen. Mit meiner Tasse setzte ich mich wieder an den PC und rief die von mir bevorzugte Seite im Bereich der social media auf. Mein Messenger blinkte. Ich überlegte, ob ich ihn öffnen sollte, denn normalerweise benutze ich ihn nicht. Schließlich siegte die Neugier. Und dann starrte ich gebannt auf die Nachricht, die mit einem Bild des Absenders unterlegt war.

„Erinnerst du dich?" stand da. „Wir haben im letzten Jahr in Paris an zwei nebeneinander liegenden Tischen gesessen."

Und ob ich mich erinnere, schrie es in mir. Meine Finger jedoch tippten: „Ja, ich glaube schon. Was kann ich für dich tun?"

Seine Antwort war ein lachender Smily: „Nichts" schrieb er „ich wollte dich nur adden – falls du magst."

„Gerne, vielen Dank" tippte ich zurück und drückte auf den angegebenen Link. Auf meiner Seite stieg die Zahl meiner Freunde von 78 auf 79. Sein Aliasname war „Samuel Johnson Roohu", und neugierig öffnete ich seine Seite. Sie gab nicht viel preis. Über 1000 Kontakte, eine Unmenge posts und nur zwei Bilder von ihm. Eines musste aus der Zeit stammen, als er in Paris war, das andere schien neueren Datums. Seine Haare und der Bart waren etwas kürzer. Diese Bild war auch sein aktuelles Image.

Was ich allerdings als neue Information verbuchen konnte war die Tatsache, dass er von den Malediven stammte. Das erklärte, warum mir die Sprache so unbekannt vorgekommen war. Er hatte laut eigener Angaben einen Hochschulabschluss und lebte in der Hauptstadt. Mehr gab die Seite nicht her.

Sollte er auf meiner Seite nach Informationen suchen, würde er eine ganze Menge mehr erfahren. Ich halte nichts davon, mir ein fiktives Image zuzulegen. Wer social media nutzt, ist ohnehin gläsern. Warum also die Mühe eines Versteckspiels auf sich nehmen? So waren neben meinem wirklichen Namen die Stadt in der ich wohne, mein Beruf, meine Ausbildung, meine Lieblingsfilme, meine favorisierte Musik und ein Teil der von mir gelesenen Bücher angegeben. Lediglich bei Beziehungsstatus stand „single". Dass ich geschieden war, ging nur mich etwas an.

Wieder blinkte der Messenger. Samuel teilte mir mit, dass er jetzt den Messenger wieder deaktivieren würde, bat mich aber, sofern ich ihm eine private Nachricht senden wolle, seine Inbox zu benutzen. Außerdem möge ich ihm bei längerer Abwesenheit eine Nachricht zukommen lassen, damit er sich keine Sorgen um meinen Verbleib machen müsse.

Ich bestätigte, den Inhalt zur Kenntnis genommen zu haben und deaktivierte auch meinen Messanger. Dann beendete ich das Programm. Eine neue Tasse Kaffee musste her. Der letzte Satz von ihm hatte in mir ein völlig neues Gefühl geweckt. Wer hatte mir zum letzten Mal oder überhaupt je gesagt, dass er sich um meinen Verbleib Sorgen macht, von meinen Eltern zu Kinderzeiten einmal abgesehen? Natürlich hatte ich ein paar wirklich gute Freunde, die wahrscheinlich so empfanden, aber gesagt hatte es noch niemand, da war ich mir sicher.

An Arbeit war jetzt nicht mehr zu denken. Ich legte eine meiner Lieblings-CDs auf und suchte mir im Internet Informationen über die Malediven.

Als ich an diesem Abend im Bett lag, waren meine Gedanken immer noch bei dem, was ich heute über die Malediven gelesen und gelernt hatte.....und bei dem Mann, der sich „Sam" nannte. Wie hatte er mich gefunden? Er hatte bis heute weder meinen Namen noch meinen Wohnort gekannt. Zufall? Vermutlich....

Schließlich schlief ich ein, wachte jedoch schon früh am nächsten Morgen mit den gleichen Gedanken wieder auf. „So ein Mist" dachte ich. Ich brauchte unbedingt einen klaren Kopf, um meine derzeitige Arbeit erfolgreich zu beenden. Es war einer der größten Aufträge, die ich jemals bekommen hatte, und mit dem dadurch verdienten Geld konnte ich mir eine Auszeit gönnen.....und sogar auf die Malediven reisen.

Kurz entschlossen rief ich Dita an, die als Choreo-
graphin an dem Theater einer nahe gelegenen
Großstadt arbeitet und sicher schon bei ihrer ersten Tasse Kaffee angelangt war, da die Proben
üblicherweise gegen 9.00 Uhr am Morgen beginnen.

Ich erzählte ihr, dass mich Sam am Vortag geadded hatte und sie fragte: „Sag mal, hast du dich
etwa verliebt?"

„Blödsinn" sagte ich. Schließlich war ich es, die
nicht müde wurde zu erklären, dass man sich nicht
in jemand verlieben könne, den man gar nicht wirklich kenne. Es sei eine Illusion, in die man sich
verliebe, mehr nicht. Andererseits, ich hatte ihn ja
schon live gesehen, wenn auch nur kurz....

„Willst du jetzt deinen nächsten Urlaub auf den
Malediven verbringen?" fragte Dita weiter.

„Ach was, ich wollte dir nur sagen, dass ich erstaunt bin, dass er sich noch an mich zu erinnern
scheint.....wann musst du los?"

„Lenk jetzt nicht ab. Du hast mir doch noch nicht
alles erzählt, oder?" Ältere Schwestern können
manchmal anstrengend sein, zumal, wenn man
ihnen nichts vormachen kann. Also erzählte ich die
ganze Geschichte.

„Das ist wirklich bemerkenswert" sagte Dita
schließlich. „Wie geht es jetzt weiter?"

„Ganz langsam und vorsichtig" antwortete ich.
„Nichts wäre peinlicher, als wenn er den Eindruck

hätte, ich laufe ihm nach, zumal er auch noch etliche Jahre jünger als ich zu sein scheint."

„Hat dich das jemals gestört?"

„Biest. Außerdem schien er ja verbandelt zu sein."

„Ich wiederhole meine Frage von eben!"

„Ich hasse dich". Ditas Lachen drang durch das Telefon. Sie hatte ja Recht, ich war wirklich kein Kind von Traurigkeit gewesen, früher......

„Ich besuche dich am kommenden Dienstag" sagte Dita „da habe ich probenfrei. Dann besprechen wir alles Weitere. Ciao."

Unter Aufbietung meines gesamten Willens, verbot ich mir jeden weiteren Gedanken an Sam und setzte meine Arbeit vom Vortag fort. Ins Netz würde ich erst wieder heute Abend gehen, das schwor ich mir.

Die Tage vergingen. Ich arbeitete so konzentriert wie möglich, und erst am Abend suchte ich seine intelligenten und witzigen posts im Netzwerk und kommentierte dort, wo es angebracht erschien. Wenn ich etwas postete reagierte er prompt. Bevor diese Abende rituellen Charakter annehmen konnten, musste ich für einige Tage in die Bundeshauptstadt. Ich teilte Sam dies auf seiner Inbox mit und erhielt umgehend eine Antwort.

„Bleib nicht so lange, ich vermisse dich jetzt schon. Und pass gut auf dich auf."

Dieser Satz, so profan er sein mochte, beschwingte mich. Dieses Gefühl hielt sich auch während meines Aufenthaltes, und da ich lediglich ein altes Handy dabei hatte, mit dem ich nicht ins Netz gehen konnte, erwartete ich voll Ungeduld meine Rückreise nach Hause.

Auf der Rückfahrt saß mir im Zug eine Frau gegenüber, etwa in meinem Alter, mit einem modischen Pagenkopf, der weich ihr schmales Gesicht umrahmte. Sie trug einen rotbraunen Hosenanzug und studierte eingehend den Bahnprospekt, in dem die Anschlusszüge auf den einzelnen Bahnhöfen aufgeführt waren. Schließlich wandte sie sich mit einem Lächeln an mich.

„Können Sie mir sagen, wo ich Richtung Frankfurt umsteigen muss?"

Sie sprach Englisch mit einem merkwürdigen Akzent. Ich nickte. „Sie fahren bis Duisburg und steigen dort in den Zug nach Frankfurt." Ich nahm ihr den Prospekt aus der Hand und zeigte auf den entsprechenden Eintrag.

„Hält der Zug am Flughafen?" wollte sie wissen.

Ich bejahte. „Wohin müssen Sie denn, wenn ich fragen darf?"

„Nach Montreal". Sie reichte mir die Hand. „Ich bin Casey." Auch ich stellte mich vor, und wir verließen unsere Plätze, um im Speisewagen eine Kaffee zu trinken. Casey hatte an einem Fachkongress für plastische Chirurgie teilgenommen. Sie arbeitete in einem Krankenhaus in Montreal als Ärztin. Ihre Hobbies waren Tanzen und Tauchen. Sie war unverheiratet und reiste gern. Wir waren uns auf Anhieb sympathisch, weswegen wir auch unsere Mailadressen austauschten.

Bevor wir Duisburg erreichten, wo auch ich aussteigen musste, fragte ich sie: „Wo tauchst du denn normalerweise?"

„Überall, wo ich die Chance habe, Meeresschildkröten zu sehen. Ich bin in diese Tiere vernarrt. Meine nächste Reise geht vermutlich zu den Malediven. Dort war ich noch nicht, und ich habe gelesen, dass es dort eine große Zahl verschiedener Schildkrötenarten geben soll."

Ich schluckte. Da war es mir fast fünf Tage lang gelungen, nicht mehr an Sam zu denken, und jetzt

treffe ich hier im Zug eine Frau, die zu den Malediven reisen will. Und prompt wanderten meine Gedanken wieder in eine mir inzwischen vertraute
Richtung.

Casey tippte leicht an meinen Arm und sah mich
fragend an. Sie hatte irgendetwas gesagt, aber ich
hatte nicht zugehört. Ich bat um Entschuldigung
und sie wiederholte:

„Warst du schon mal auf den Malediven?"

Ich hatte nur ein Kopfschütteln als Antwort. „Vielleicht reise ich im nächsten Jahr dorthin" sagte ich
schließlich.

Casey lachte. „Lass es mich wissen, ja? Vielleicht
könnten wir ja zur gleichen Zeit dort Urlaub machen."

In Duisburg begleitete ich sie noch zum richtigen
Bahnsteig, und als ihr Zug nach Frankfurt einfuhr,
verabschiedeten wir uns wie zwei alte Freundinnen
mit dem Versprechen, den Kontakt per Mail zu
halten.

Auf dem Nachhausweg fragte ich mich, ob das ein
Zufall gewesen ist, jemand getroffen zu haben,
der zu den Malediven reisen will. Ich musste unbedingt mit Dita darüber sprechen. Vorher aber
ging ich ins Netz und meldete mich bei Sam zurück. Er begrüßte mich, als sei ich jahrelang fort
gewesen, und nur mein Kater Tom schien eine
ähnliche Freude über meine Rückkehr zu empfin-
den. Und während ich auf der Couch liegend mit

Dita telefonierte, den Kater auf meinem Bauch, erschien mir mein Leben plötzlich ungeheuer spannend. Was würde die Zukunft bringen? Ich konnte es kaum erwarten, es zu erfahren. Am liebsten würde ich jetzt schon das nächste Türchen aufmachen, wie ich es als Kind mit meinem Adventskalender immer gemacht hatte. Nur dass das reale Leben leider kein Adventskalender ist.

Später, als ich bereits im Bett lag, überlegte ich, was mich daran hindern sollte, tatsächlich zu den Malediven zu reisen. Leisten konnte ich es mir. Geflogen bin ich auch immer gern. Hitze vertrage ich ausgezeichnet, ja ich liebe sie geradezu, und mein letzter Strandurlaub lag schon so lange zurück, dass ich mich kaum noch daran erinnern konnte. Die letzten Jahre, wenn nicht sogar Jahrzehnte, hatte ich entweder sogenannte „Bildungsurlaube" oder Städtetouren gemacht. Irgendwie wäre es jetzt einmal an der Zeit, sich an weißen Stränden von der Sonne verwöhnen zu lassen. Mein Plan für morgen stand fest: Ich würde mir im Reisebüro entsprechendes Prospektmaterial besorgen.

Dita und ich hatten uns in ihrem Lieblingscafé zum Frühstück verabredet. Als sie kam, strahlte sie über das ganze Gesicht.

„Hey, geht es dir so gut, wie du aussiehst?" fragte ich, und sie nickte lachend.

„Ich muss dir was erzählen" sagte sie „aber sei bitte nicht sauer."

„Warum sollte ich?" fragte ich zurück.

„Aus unserem nächsten Urlaub wird nichts" antwortete sie.

„Erzähl!"

„Also wir arbeiten ja gerade an einer neuen Produktion" begann sie. Ich nickte. Das hatte sie mir vor 3 Wochen schon am Telefon gesagt.

„Jetzt müssen aber aus Gründen, die hier nicht relevant sind, einige Szenen umgestellt werden, und dazu musste der Autor des Stückes um seine Einwilligung gebeten werden. Um es kurz zu machen, er kam zu uns in Theater, hörte sich die Argumente an und erklärte, er sei einverstanden, wenn er die Änderungen mitverfolgen könne. Er kommt aus den Niederlanden, weißt du, und hat sich in der Nähe des Theaters ein Zimmer genommen. An seinem ersten Abend sind wir dann alle zusammen zum Essen gegangen und am nächsten Tag hat er mich gefragt, ob ich abends wieder mit ihm essen würde. Nur mit mir, verstehst du? Seit dem haben wir quasi unsere gesamte Freizeit miteinander verbracht. Und nicht nur das, wenn du verstehst......"

„Das ist ja großartig. Ich freu mich so für dich."

Dita war seit knapp fünf Jahren verwitwet. Nach fünfzehn Jahre Ehe war ihr Mann ganz plötzlich an einem Schlaganfall gestorben. Eine neue Beziehung hatte es für sie seitdem nicht mehr gegeben. Umso mehr freute es mich, dass sie jetzt verliebt zu sein schien.

„Wie sieht er denn aus, erzähl doch!" ermunterte ich sie.

Dita zog ihr Phone aus der Tasche und scrollte, bis ein Bild erschien, das einen rotblonden Mann mit Bürstenhaarschnitt zeigte, dessen vermutlich blaue Augen vergnügt blinzelten. Sein Gesicht wirkte schlank, und er schien etwa fünfzig Jahre zu zählen.

„Sieht toll aus" sagte ich. „Wo ist der Haken?"

„Es gibt keinen, er ist seit 6 Jahren geschieden, hat eine erwachsene Tochter, lebt in geordneten Verhältnissen, wie man so schön sagt, und möchte, dass wir auch nach Beendigung der Produktion noch zusammen bleiben."

„Glückwunsch, meine Alte, ich finde diese Neuigkeit wunderbar."

„Tja, wir beide wollten ja im Februar zusammen in die Schweiz,...aber Rovan, so heißt er übrigens, will gerade zu dieser Zeit nach Florida. Und zwar mit mir."

„Kein Problem, die Schweiz kann warten" sagte ich und fragte mich im Stillen, was noch alles geschehen muss, bis ich endlich akzeptiere, dass mein Urlaubsziel bereits feststeht.

Nach dem Frühstück brachte ich Dita noch zu ihrer Wohnung, dann fuhr ich in die Stadt und suchte ein renommiertes Reisebüro auf. Die Prospekte, die ich mir besorgt hatte, waren nichts für einen ungeduldigen Menschen wie mich. Das Zusammenrechnen und Ausklügeln der einzelnen Möglichkeiten schien mir zu unübersichtlich. Ich wollte Fakten und Zahlen.

Die junge Frau, die sich mein Anliegen anhörte, servierte mir erst einmal eine Tasse Kaffee. Dann fragte sie gezielt nach meinen Wünschen wie Reisebeginn, Dauer, bevorzugte Fluggesellschaft, Art der Unterbringung und Verpflegung etc. Nachdem sie ihren Computer mit den Angaben gefüttert hatte, ließ sie ihn arbeiten, holte mir eine zweite Tasse Kaffee und konzentrierte sich auf die eingehenden Ergebnissen. Es kamen acht Inseln infrage. Bevor sie mir die Unterschiede erklären konnte, bat ich sie um die Ausdrucke und um ihre Karte. Mir war gerade noch rechtzeitig eingefallen, dass ich vielleicht vorher mit Casey Kontakt aufnehmen sollte. Also sagte ich ihr, ich müsse noch mit einer Kollegin den Termin absprechen und werde mich am nächsten Tag telefonisch oder persönlich bei ihr melden.

Die Angestellte sah mich mit einem Blick an, dem ich entnehmen konnte, dass sie glaubte, ich wolle mich auf diese Art und Weise ohne Gesichtsverlust verabschieden. Da war mir aber egal. Sie würde schon merken, dass es mir ernst war, wenn ich mich wieder bei ihr meldete.

Mein nächster Weg führte mich zu einem „Ich bin doch nicht blöd"-Markt, wo ich mir ein neues Smartphone zulegte. Seit mein letztes Phone seinen Geist in einer etwas größeren Pfütze aufgegeben hatte, hantierte ich unterwegs wieder mit meinem alten Handy herum. Das war für eine Überseereise natürlich kein Zustand. Bei meinem neuen Smartphone hatte ich auf zwei Slots für SIM-Karten bestanden. Man konnte ja nie wissen.....

Zu Hause warf ich die Kaffeemaschine an, füllte Futter in Toms Schüssel und schaltete den PC an. In Sams Inbox schrieb ich: „Komme vermutlich im Februar zu den Malediven". Sonst nichts.

Kaum drei Minuten später bekam ich Antwort. „Ist das wirklich wahr? Ich warte hier mit offenen Armen."

Dann, nach einer kurzen Pause „Hast du Skype?"

„Ja."

Er gab mir seine Telefonnummer, und ich gab ihm meine. Zur Probe rief er gleich an und fragte wie es mir gehe. „Gut" sagte ich.

„Und du kommst wirklich?"

„Ich werde in den nächsten Tagen buchen".

„Wenn du weißt, wann du ankommst, lass es mich wissen."

„Sicher."

„Übrigens, ich bin geschieden und habe zurzeit keine Beziehung. Die Frau, mit der ich in Paris war....also wir haben uns schon vor einer ganzen Weile getrennt.....und ich habe ein Auge auf dich geworfen."

„Vielleicht ist es dir entgangen, aber ich dürfte um einiges älter sein als du."

„Ja und? Ich melde mich wieder."

Damit war das Gespräch beendet.

Ich schrieb eine Mail an Casey. Ich teilte ihr mit, wann, wie lange und wohin ich zu reisen gedächte und wartete. Am späten Abend traf die Antwort ein:

„Hi Isa, die zweite Februarwoche passt super. Zwei Wochen „all in" wären gut. Die Inseln, die du mir gemailt hast, passen leider nicht alle. Ich sende dir im Anhang die drei, die für ihren Schildkröten-bestand bekannt sind."

Im Anhang fand ich dann die verringerte Auswahl. Mir war es wichtig, nahe an der Hauptstadt zu sein, um weite Transferwege zu vermeiden. Die beste Wahl schien mir Sundance Island, eine In-sel mit Tauchgründen in Sichtweite, großem Schildkrötenbestand und nur ca. 20 km von der Hauptstadt entfernt. Darüber hinaus noch ausgezeichnet mit etlichen Oeko-Preisen, und das Ressort sollte angeblich über eine phantastischer Küche verfügen.

Ich mailte zurück, dass ich mich für Sundance Island entschieden hätte und versprach, sobald ich die Abflugzeiten haben würde, diese mitzuteilen. Vielleicht können wir uns ja beim Umsteigen in Dubai treffen.

Als ich am nächsten Morgen im Reisebüro anrief, bekam ich die junge Angestellte sofort an den Apparat. Ich teilte ihr meine Wünsche mit und bat um schriftliche Bestätigung. Dann fragte ich nach den Flugzeiten und erfuhr, dass die erst ca. einen Monat vor Abreise bekannt gegeben würden.

Die Würfel waren gefallen. Ich hatte eine Reise zu den Malediven gebucht.

Es war so schön geplant: Rechtzeitig vor der Abreise wollte ich eine Packliste machen, neben meinem Sportprogramm auch noch das Solarium aufsuchen, um vorgebräunt der tropischen Sonne zu begegnen. Außerdem wollte ich zur Kosmetikerin, ins Nagelstudio und zum Frisör. Leider wurde nichts daraus. Direkt nach den Weihnachtstagen rief mich Dita aufgeregt an:

„Kannst du ganz schnell ein Stück übersetzen? Wir haben die Aufführungsrechte gerade bekommen. Es soll Ende April aufgeführt werden. Wir brauchen die Übersetzung bis Mitte Februar."

Ich schwieg einen Moment. Ein Dreispartenhaus mit internationalem Repertoire verprellt man nicht, wer beißt schon in die Hand, die sie füttert? Andererseits stand der Reisetermin fest, in der Mitte der 2. Februarwoche. Das hieß wieder „lange Tage", und mein Schönheitsprogramm konnte ich mir auch abschminken.

„Wer ist der Autor?" fragte ich.

„Rovan" sagte sie.

„Sag mir jetzt nicht, dass er das Stück in Niederländisch geschrieben hat!"

„Nein, der Text ist Englisch, es ist auch gar nicht soooo viel. Machst du es, bitteeee."

„Wann kann ich anfangen?"

„Wir können uns morgen früh hier im Theater treffen und alles besprechen."

„Ok. bin um 9.00 Uhr da. Sorge bitte für Kaffee."

„Wird erledigt, bis dann."

Nachdem wir aufgelegt hatten, wählte ich mich ins Netz ein und schrieb auf meine Seite „der Countdown läuft". Während der letzten Monate hatten mich einige von Sams Freuden geadded. Seitdem bekannt war, dass ich im Februar kommen würde, hatten sie alle versprochen, mich treffen zu wollen. Da war zum einen Said, der einer der bekanntesten Sänger auf den Malediven sei, wie Sam mir erklärt hatte, Hasin, der in der gleichen Straße wie Said und Sam wohnte und sich als Komponist einen Namen gemacht hatte, und Issam, ein sehr viel älterer Mann, dessen Berufsbezeichnung Geschäftsmann war. Nun, man würde sehen.

Die ersten Takte von „Amazing grace" erklangen. Es war die Melodie, mit der mein Phone sich bemerkbar machte. Sam war in der Leitung. Er sagte, es gehe ihm nicht so gut, heute sei der Todestag eines Freundes, der im Gefängnis getötet worden sei. Er sagte: „Wir rannten um unser Leben, wir waren unbewaffnet, und sie haben ihn in den Kopf geschossen."

Ich frage: „Und du?"

„Ich wurde nicht getroffen."

„Du warst also auch im Gefängnis?"

„Ja, verurteilt zu lebenslanger Haft, aber ich wurde nach zwei Jahren begnadigt. Ich melde mich wieder."

Das Gespräch war zu Ende. Ich musste das erst einmal verarbeiten. Wieso war er zu einer so hohen Strafe verurteilt worden? Und warum war nach zwei Jahren eine Begnadigung erfolgt?

In einem der vergangenen Gespräche hatte er erwähnt, dass er zu der derzeitigen Regierung ein gestörtes Verhältnis habe. Auch seine Kommentare in social media waren häufig sehr regimekritisch. Ob er ein politischer Gefangener gewesen war? Es war zum Verzweifeln. Jede Information, die er mir gab, warf nur noch mehr Fragen auf. Vor einiger Zeit hatte ich ihn gefragt, was er arbeite. Seine Antwort war: „Ich habe Berufsverbot."

Hieß das, dass er arbeitslos war, oder war damit gemeint, dass er seinen erlernten Beruf nicht ausüben durfte, und was für ein Beruf war das? War er Journalist? Oder Jurist? Viele Fragen, keine Antwort.

Ich stellte weitere Spekulationen zurück und dafür meinen Wecker auf 6.00 Uhr, damit ich pünktlich um 9.00 Uhr im Theater sein konnte. Pünktlich um 22.30 Uhr ging ich schlafen, wachte aber schon eine Stunde später wieder auf, genauso um 1.00 Uhr, um 3.00 Uhr und um 5.00 Uhr. Das ging schone eine längere Zeit so, Wenn ich weiter so ein Schlafdefizit aufbaute, würde ich vermutlich die zwei Wochen auf den Malediven durchschlafen....

Die Straßenverhältnisse waren nicht erfreulich, ein Plus war allerdings, dass wir uns noch im Ferienmodus befanden. Der Morgen brachte Arbeit für die kommenden vier Wochen, und auch das nur, wenn ich konsequent täglich mindestens sechs Stunden arbeitete. Erfreulicherweise lebte Rovan zwischenzeitlich vorwiegend bei meiner Schwester, so dass ich ihn bei Fragen zum Inhalt jederzeit telefonisch erreichen konnte.

Also begann ich mit den Übersetzungsarbeiten. Abends ging ich für eine Stunde ins soziale Netzwerk und zwischendurch erhielt ich immer einmal wieder einen Anruf von Sam. So verstrich der Januar. Am 4. Februar lieferte ich die gesamte Geschichte ab. Die Teilbereiche hatte ich vorher schon immer an das Theater geschickt, nachdem ich sie mit Rovan durchgesprochen hatte. Für den 6. Februar hatten wir noch ein Abschlussgespräch vereinbart, der 10. war mein Abreisetag.

Nachdem ich meinen schweren Koffer aus dem Zug auf den Bahnsteig gewuchtet hatte, wuchs in mir das Verlangen nach einer Zigarette. Ich suchte den Bahnsteig mit den Augen ab und fand am hinteren Ende das entsprechende Schild, das die Raucherzone kennzeichnet.

Es war mir gelungen, einen früheren als den geplanten Zug zu erreichen, und so hatte ich noch reichlich Zeit bis zum Check-in. Allerdings war mir 15 Minuten später klar, dass es einige Zeit kosten würde, den Schalter zu erreichen. Der Flughafen war viel größer als ich ihn in Erinnerung hatte. Zudem wurden wir von Polizeibeamten aufgehalten, die ein großes Areal mit Flatterband absperrten. In der Mitte dieses Gevierts stand ein einsamer Koffer. Zwei Männer in Schutzanzügen mit mir unbekannten Gerätschaften in den Händen näherten sich dem Gepäckstück vorsichtig von der Seite. Ein paar Leute suchten Deckung hinter einem Kiosk. Als die Spannung nahezu ihren Höhepunkt erreicht hatte, erklang eine schroffe Altfrauenstimme: „Was machen Sie da mit meinem Koffer?". Alle Köpfe drehten sich zu der weißhaarigen Dame, die auf einen Stock gestützt, ihre Handtasche unter den Arm geklemmt, im Begriff stand, den abgesperrten Bereich zu betreten. Zwei Beamte gingen zu ihr, sie zeigte ihnen etwas, das sie aus der Handtasche genommen hatte, vermutlich das Flugticket. Die Absperrung wurde beseitigt und wir konnten passieren.

Trotz des Zwangsaufenthalts war ich pünktlich am Schalter der Fluggesellschaft. Das Einchecken verlief zügig und danach suchte ich mir einen Platz in einem der Cafés, um mich von der ersten Etappe meiner Reise zu erholen.

Erwartungsvoll schaute ich immer wieder auf die Uhr. Endlich war es Zeit, die Sicherheitskontrollen zu durchlaufen und das mir zugewiesene Gate aufzusuchen. Die Zeit bis zum Boarding betrug noch eine halbe Stunde. Als dann die Türen geöffnet wurden, wartete ich, bis der Strom der zur Tür Eilenden schwächer wurde, und ging an Bord. Das Abenteuer konnte beginnen.

Der Versuch zu schlafen scheiterte kläglich, denn über einen halbwachen Dämmerzustand kam ich nicht hinaus. Na egal. Ich ließ meinen Gedanken freien Lauf und überlegte, welche Erwartungen ich in diese Reise setzte. Nun, zuerst einmal war da der märchenhafte Strand mit Palmen und türkisblauem Meer und...."halt", sagte meine innere Stimme. „Belüg dich nicht selbst. Das kommt erst an zweiter Stelle."

„Ach, halt die Klappe" murmelte ich leise vor mich hin, um meine innere Stimme zum Schweigen zu bringen, hatte aber keinen Erfolg. Na ja, irgendwie hatte sie ja Recht. Es war ER, den ich unbedingt wiedersehen wollte. Und nun war ich nur noch wenige Stunden von meinem Ziel entfernt, und die Spannung wuchs mit jeder Minute.

Als wir gegen 6.00 Uhr morgens Dubai erreichten, betrug die Außentemperatur bereits 40 Grad Celsius. Kaum im Flughafen angekommen, vibrierte mein Telefon. Sam wollte wissen, ob ich wie vorgesehen ankommen würde. Ich bestätigte dies und fügte noch einmal meine Bitte hinzu, mich nicht am Flughafen zu erwarten. Ich wollte nach der langen Reise erst einmal duschen, mich umziehen, etwas essen und ausschlafen.

Der Weiterflug verzögerte sich aus ungeklärten Gründen um eine Dreiviertelstunde, aber welche Überraschung, als ich beim Einchecken Casey im Wartebereich antraf. Ihre verspätete Maschine war es, die für den verzögerten Abflug unseres Fliegers verantwortlich war. Casey war nicht allein. In ihrer Begleitung befand sich eine große sehr schlanke Frau, mit Tattoos an den Armen und mit einigen Piercings. Casey und ich begrüßte uns wie alte Freundinnen, und sie stellte mir ihre Begleiterin vor: Fee, Kanadierin wie sie, aus Vancouver und als Meeresbiologin tätig. Die beiden hatten sich im Flieger kennen gelernt und mit Freude und Erstaunen festgestellt, dass sie die gleiche Insel gebucht hatten.

Die beiden saßen auf Plätzen im Mittelbereich, und mit meinem freundlichsten Lächeln gelang es mir, den daneben sitzenden Herrn dazu zu bewegen, den Platz mit mir zu tauschen. Somit verging der Flug mit kurzweiligen Gesprächen, und um wenige Minuten nach drei Uhr nachmittags erreichten wir Hulule, den Flughafen von Male.

Nach dem Durchlaufen der letzten Kontrolle fragte ich einen Angestellten, an welchem Anleger wir ein Dhoni nach Sundance Insland finden würden. Dhonis sind die Schnellboote, die den Transfer zu den Inseln übernehmen. Der freundliche junge Mann brachte uns bis zum richtigen Boot.

Die Fahrt war kurz und die spritzende Gischt, die uns immer wieder traf, empfanden wir als angenehm, kühlte sie doch ein wenig unsere schweißnassen Gesichter.

Auf der Insel angekommen, bezogen wir unsere nebeneinander liegenden Bungalows, packten aus, duschten und liefen barfuß, wie es auf der Insel üblich war, zum Abendessen in das halboffene Restaurant.

Das Essen war ein Genuss, die Auswahl riesig. Neben einer großen Anzahl einheimischer Speisen standen auch noch etliche Gerichte aus der französischen Küche auf dem Buffet. Zwei etwa fünf Meter lange Tische bogen sich fast unter der Last der verschiedenen Desserts. Hier war für jede Geschmack etwas dabei.

Anschließend gingen wir noch in die Bar, um einen Espresso zu trinken. Leider war die Maschine kaputt, und so begnügen wir uns mit einem Glas Wein. Danach kehrten wir erschöpft von der Reise und dem phantastischen Essen in unsere Bungalows zurück.

Ich hatte bereits von der Rezeption aus Sam über meine Ankunft informiert und ein Treffen für den übernächsten Tag ausgemacht und fiel jetzt, nach fast 40 Stunden ohne Schlaf, wie ein Stein ins Bett.

Der Morgen begrüßte uns mit Sonnenschein und wolkenlos blauem Himmel. Fee, Casey und ich waren um 8.00 Uhr zu Frühstück verabredet. Wie die beiden mir gestern mitgeteilt hatten, würden heute bereits die ersten Tauchgänge stattfinden. Also trennten wir uns nach dem Frühstück und verabredeten uns zum Abendessen um 19.00 Uhr.

Ich lief einmal um die Insel herum und sah mir die einzelnen Strandabschnitte an. Es gab eine Anzahl kleinerer Buchten, deren weißer Muschelsand bis an den Palmengürtel reichte. Einige Landzungen sprangen vor, so dass man auf drei Seiten vom Meer umgeben war. Ich suchte den Bereich auf, der mir am besten gefiel, organisierte mir eine Liege und genoss die warme Sonne und zwischendurch immer wieder das türkisblaue Meer, das in kleinen Wellen über den Strand leckte. Ein leichter Wind ließ die Blätter der Palmen hinter mir rauschen und milderte die Hitze der Sonne.

Krebse kamen neugierig aus ihren Sandlöchern, verschwanden aber bei der kleinsten Erschütterung des Bodens wieder darin. Junge Schwarzspitzenhaie und kleine Stachelrochen schwammen strandnah im Wasser, sogar ein kleiner Ammenhai und ein Flötenfisch ließen sich sehen. Im Buschwerk hinter mir suchten Reiher nach verirrten Krebsen, und am Stamm der Palmen kletterten kleine Drachenkopfechsen herum.

Am Horizont konnte ich Boote und Schiffe über das Meer fahren sehen, und nach einer Weile näherte sich ein Dhoni, das neue Gäste zur Anlegestelle brachte. Irgendwann schlief ich ein und fühlte mich nach dem Aufwachen erfrischt und munter. Es war bereits Nachmittag, und so beschloss ich, mir einen Kaffee zu gönnen.

Pünktlich trafen wir uns alle zum Abendessen, das auch heute wieder exorbitant gut war und neben den von mir bevorzugten einheimischen Gerichten eine Vielzahl von Speisen aus der italienischen Küche anbot. Dazu gab es wieder ein Nachtischbuffet, das keine Wünsche offen ließ.

Später saßen wir auf der Sonnenuntergangsterrasse der Bar, tranken kalte Weißwein-Schorle und tauschten die Erlebnisse des heutigen Tages aus. Casey war ein wenig betrübt, da sie nur eine einzige Schildkröte gesehen hatte, freute sich aber auf den morgigen Tag, an dem sie mit einem Boot zu einer Nachbarinsel fahren wollte, in deren Gewässern viele Schildkröten heimisch waren. Fee hatte erst einmal das Tauchteam getestet und wusste, mit wem sie morgen tauchen würde. Sie „sammelte" Haie. In ihren bisherigen Urlauben in allen bekannten Meeren hatte sie bereits über zwanzig unterschiedliche Haiarten gesehen und fotografiert. Hier hoffte sie, den scheuen Walhai zu sichten.

Wir lachten viel und freuten uns auf den morgigen Tag.

„Ich fahre morgen mit dem ersten Dhoni nach Male" sagte ich.

„Was machst du da? Shoppen?" fragte Fee.

„Ich treffe ein paar Leute, die ich kenne" antwortete ich und verabschiedete mich, bevor sie weitere Fragen stellen konnten.

Ich war gerade eingeschlafen, als mein Telefon sich bemerkbar machte. Es war Said, einer der Freunde von Sam.

„Wann kommst du morgen?" fragte er mich. Ich sagte es ihm.

„Mit etwas mehr Vorlaufzeit hätten wir unser erstes Treffen besser organisieren und dir ein gutes und abwechslungsreiches Programm bieten können" meinte er, „aber ich hoffe, wir können dir auch so einen angenehmen Tag bereiten. Ruf mich vom Dhoni aus an. Ich hole dich dann ab. Wir treffen uns alle zum Frühstück im Restaurant."

Ich lief zur Anlegestelle des Dhoni, nachdem ich mir nur schnell eine Tasse Kaffee gemacht hatte. Die Spannung wurde langsam unerträglich. Wie würde es sein, Sam wiederzusehen? Welchen Eindruck würde ich auf ihn und auf seine Freunde machen? Was erwartete die „Gang" – so nannte ich im Stillen Sam und seine Freunde - von mir? Zurückhaltung,? Offenheit? Schweigen? Kommunikation? Durfte man Fragen stellen und falls ja, welche? Und als wen oder was sah mich Sam? Nun, ich würde es bald wissen.

Ich zog mein Telefon aus der Tasche um Said anzurufen, aber es war kein WiFi vorhanden. Leise fluchte ich in mich hinein. „Dann eben vom Hafen aus" dachte ich mir.

Das Schiff hatte vor fünf Minuten angelegt. Auf der gegenüber liegenden Straßenseite befand sich der Eingang einer großen Bank. Dorthin begab ich mich, um meine Ankunft mitzuteilen. Ich tippte Saids Nummer in mein Smartphone und bekam ihn an den Apparat.

„Ich bin im Hafen" sagte ich, dann war die Verbindung weg. Es erschien im Display die Mitteilung: „Ihr Guthaben ist aufgebraucht". Verdammter Mist. Hatte meine Mitteilung Saids Ohr noch erreicht? Wenn ja, würde er sicher kommen. Wenn er aber nicht mehr gehört hatte, wo ich bin, was dann? Er hatte nur von einem Restaurant gesprochen, in dem ich ihn und die „Gang" treffen sollte, jedoch keinen Namen oder gar eine Straße genannt.

Einen Polizisten, der vor der Bank Wache stand, fragte ich nach einer Telefonzelle. Er sah mich irritiert an. In einem Land, in dem jeder mindestens ein Smartphone besitzt, erschien ihm diese Frage wohl absonderlich.

Ich zündete mir eine Zigarette an und hoffte auf eine Eingebung. Ein Motorrad mit einem für die hiesigen Verhältnisse großen Mann fuhr langsam an der Bank vorbei. Der Fahrer drehte und kam zurück. „Oh, nein, nicht das auch noch" dachte ich im Glauben, der ein wenig grimmig aussehende Mann würde mich gleich ansprechen. Und richtig. Das Motorrad hielt, der Mann musterte mich eingehend und fragte dann: „Isa?". Erstaunt blickte ich ihn an. Woher kannte er meinen Namen? Ein Lächeln erschien auf seinem Gesicht.

„Ich soll dich abholen. Said schickt mich. Steig auf."

„Ich habe keinen Helm."

Ein Lachen. „Den hat hier niemand."

Ich hängte meine Tasche um, schwang mich auf den Soziussitz, und fragte: "Darf ich mich an dir festhalten?"

Wieder ein Lachen: „Aber sicher".

Und dann startete er die Maschine, wendete ohne Rücksicht auf den fließenden Linksverkehr, der vor vielen Jahren von den Briten eingeführt worden war, und schlängelte sich zwischen Motorrädern, Autos, Fahrrädern, Fußgängern hindurch. Hatte ich ihn in den ersten Sekunden nur vorsichtig an den Seiten berührt, klammerte ich mich nun an ihn und betete im Stillen: „Bitte lass mich mit heilen Beinen am Ziel ankommen."

Jede Bodenwelle – angebracht, damit die Straße nicht komplett zur Rennstrecke wird – nahm mein Helldriver mit Bravour. Nach gefühlten Stunden – in Wirklichkeit waren es kaum 5 Minuten - hielten wir vor dem Eingang eines Restaurants, und ich stieg mit zitternden Beinen ab.

Wir betraten einen schattigen Innenhof, in dem eine Anzahl kleiner Tische mit jeweils vier Stühlen standen. Mein Helldriver stellte sich vor, indem er mir die Hand hinstreckte und sagte:

„Ich bin Karim, Saids Schwager".

„Isa, freut mich, dich kennen zu lernen."

Er lachte. „Ich kenne dich schon viel besser als du glaubst. In den letzten Wochen warst du ständiges Thema....aber schau, da ist Said ja schon."

Ein großer schlanker Mann, ganz in schwarz gekleidet, kam auf uns zu. Ich erkannte ihn von den Bildern im Netz wieder. Er umarmte mich und sagte:

„Schön, dass du endlich da bist. Sam wird begeistert sein. In den letzten Tagen hat er von nichts anderem gesprochen."

„Ich fühle mich geschmeichelt" lachte ich.

Karim komplimentierte uns zu einem Tisch in der Ecke und bestellte Kaffee und Frühstück. Wir saßen kaum, da erschien Issam. Er war klein und untersetzt und sah exakt so aus wie auf den Bildern. Allerdings hatte seine Stimme einen hohen Diskant, der zu der üppigen Figur nicht so recht passen wollte. Er umarmte mich und musterte mich eingehend. Sei Blick gefiel mir nicht, außerdem umarmte er mich eine Spur zu lange, wie ich fand. Dann zog er einen Stuhl heran und setzte sich direkt neben mich. Auch das gefiel mir keineswegs, da nur noch ein Platz auf der gegenüberliegenden Seite des Tisches frei war.

Gleichzeitig mit dem Frühstück erschien Sam. Seine Haare waren kürzer als sie während unserer ersten Begegnung gewesen waren, ansonsten erschien er mir unverändert. Auch seine Augen hatten noch immer den gleichen mich irritierenden Ausdruck. Er kam auf mich zu, ein leises Lächeln auf den Lippen, und umarmte mich.

Karim sagte lachend: „Jetzt hat sich dein Traum ja erfüllt" und auch Said und Issam sagten irgendetwas. Allerdings konnte ich nicht verstehen was sie sprachen, da sie in ihrer Landessprache redeten. Sam lächelte nur, sagte aber nichts. Er setzte sich auf den freien Platz und zog sich einen Kaffee heran. Ich beobachte jede seiner Bewegungen und versuchte herauszufinden, was mich so an ihm faszinierte. Waren es wirklich nur die Augen?

Karim stupste mich an. Ich hatte gar nicht mitbekommen, dass er mich wohl schon mehrfach aufgefordert hatte, von dem Frühstück zu kosten. Schließlich tat ich ihm den Gefallen und stellte fest, dass es vorzüglich schmeckte: Hauchdünnes Fladenbrot, Omelett mit Chili, geräucherter Thunfisch und verschiedene kleine Hefekuchen. Während des Essens unterhielten wir uns über das Resort, in dem ich untergebracht war, und über dies und das. Said stellte Fragen nach meiner Familie, nach meinem Beruf, nach dem Klima in Deutschland und nach unseren landestypischen Speisen. Immer wieder wanderte mein Blick zu Sam. Er saß da, lächelte, sprach nicht allzu viel und dennoch schien es, als sei er der Mittelpunkt der kleinen Gruppe, die ich die „Gang" getauft hatte.

Ich erkundigte mich nach Hasin, dem vierten Mann der „Gang"- Karim war in den social media bisher nicht in Erscheinung getreten - und erfuhr, dass er im Krankenhaus sei. Er habe sich eine Verletzung am Fußgelenk zugezogen und dürfe momentan nicht laufen.

Karim hatte sich während des Gesprächs entfernt, und als er nach einer halben Stunde wiederkam, trug er mehre Tüten zum Tisch. Zu meinem Erstaunen erkannte ich, dass die Tüten Geschenke für mich enthielten. Ich war verlegen, wusste nicht, was ich sagen sollte. Als alles vor mir ausgebreitet war, legte Sam eine Karte auf den Tisch. Alle hatten etwas hineingeschrieben. Ich war gerührt und sagte das auch, und die „Gang" freute sich, dass die Überraschung gelungen war.

Karim nahm mein Phone und setzte eine lokale Sim-Karte in den zweiten Slot. „Damit kannst du uns auch ohne WIFI erreichen, ich programmiere dir gleich alle unsere Telefon-Nummern ein" sagte er mit einem breiten Grinsen. Ich bedankte mich herzlich bei ihm.

Nachdem ich auch alle anderen Geschenke begutachtet und meiner Begeisterung Ausdruck verliehen hatte, fragte Said, ob ich mir etwas von der Stadt ansehen wolle. Wir brachen auf. Issam verabschiedete sich und sagte, er habe noch etwas zu erledigen.

In einer Stadt, deren Umfang etwa 1,5 km beträgt, sind die Entfernungen nicht wirklich groß. Wir gingen also zu Fuß zum Platz der Moschee und anschließend zum Museum, wo mich eine sachkundige Führung erwartete.

Neben alten Artefakten aus einer Zeit, als weder der Islam noch andere bekannte Religionen auf den Malediven ausgeübt wurden, fanden sich Schnitzereien, Gebrauchsgegenstände, Truhen, Throne, Kleidungsstücke und Schmuck bis hin zur Neuzeit. Des Weiteren befand sich das Polizeimuseum im Gebäude, das die Arbeit der Polizei, Uniformen und Auszeichnungen seit Bestehen der

Polizei im Jahr 1933 bis zum heutigen Tage do-
kumentierte.

Als wir wieder auf der Straße standen, drängte
Sam zum Aufbruch. Er hatte für uns beide bei ei-
ner nahen Verwandten Lunch bestellt. Said und
Karim boten an uns hinzubringen.

Ich verzichtete auf das Angebot, mit dem Motorrad
zu fahren und bat, zu Fuß gehen zu dürfen. Eine
Fahrt pro Tag, so fand ich, war genug für meine
strapazierten Nerven.

Sams Angehörige waren reizend. Seine Tante servierte einen scharfen Fischcurry, dazu Reis, Salat,
Papaya und kleine süße Kuchen, während mir sein
Onkel einen komprimierten Überblick über die Geschichte der Malediven lieferte.

Nach dem Essen, das reichlich und vorzüglich war,
fragte Sam mich, ob ich mit ihm zur Dachterrasse
gehen wolle, um eine Zigarette zu rauchen. Natürlich sagte ich zu. Bevor wir jedoch die Tür erreicht
hatten, erschien Issam, der sich uns sofort an-
schloss. Ich fluchte innerlich, da ich gerne ein paar
Minuten mit Sam allein gewesen wäre. Sams Onkel hatte offenbar eine Eingebung und schloss sich
uns ebenfalls an. Er verwickelte Issam in ein Gespräch, was mir zumindest die Gelegenheit gab,
ein paar Worte mit Sam zu wechseln. Ich hatte so
viele Fragen. Vordringlich jedoch wollte ich wissen,
ob er geglaubt habe, ich sei jünger.

„Nein, ich habe nicht damit gerechnet, dass du so
attraktiv bist" antwortete er. „Was ich auf die Karte

geschrieben habe, ist wahr" fügte er hinzu. Es war eine Liebeserklärung, die er mir gemacht hatte. „Und ich will dich wiedersehen" sagte er leise, da sich Issam uns näherte.

„Ich dich auch" gab ich zurück, ohne die Lippen zu bewegen. Dann war Issam bei uns und fragte, was wir noch vorhätten. Ich sagte ihm, dass mein Boot zurück zum Resort um drei Uhr abführe.

Sam schlug vor, mit den anderen noch einen Kaffee zu trinken, bevor ich zum Hafen müsse, und wir machten uns auf den Weg. Wieder hatten wir ein paar Minuten für uns, da Issam mit dem Motorrad gekommen war und mit diesem zum Café fahren musste.

„Wie ist das Resort, in dem du bist" fragte Sam.

„Schön! Guter Strand, vorzügliches Essen und ein gemütlicher Bungalow."

„Strand-Partys nach Sonnenuntergang" sagte er „die vermisse ich".

„Dann komm doch einfach zum Resort und wir machen Party."

„Auf Sundance Island haben Einheimische nur Zutritt, wen sie dort beschäftigt sind" bekam ich zur Antwort.

„Heißt das, du darfst nicht einmal als Besucher auf die Insel?"

Er nickte. Und als er mein enttäuschtes Gesicht sah, fügte er hinzu. „Ich habe eine bessere

Idee....und du brauchst keine Angst zu haben, bei mir bist zu sicher."

Ich sah ihn erstaunt an.

„Ich habe keine Angst. Wovor auch? Und was heißt das, bei dir sei ich sicher?"

Er lächelte wieder sein merkwürdiges Lächeln, das eine Mischung zwischen Verschmitztheit und Verwegenheit mit einem Schuss Schüchternheit darstellte.

„Schon gut" sagte er. Und wies auf den Eingang des Restaurants. Ich blickte auf meine Armbanduhr. Wenn ich pünktlich sein wollte – und das musste ich wohl – blieben uns noch vierzig Minuten. Issam hatte den Blick zur Uhr bemerkt und fragte: „Was ist, wenn du nicht rechtzeitig am Hafen bist?"

„Dann werde ich wohl auf der Mole schlafen müssen" gab ich zur Antwort.

Said grinste: „Soweit wird es nicht kommen, Sam hat ein Kingsizebett, da ist bestimmt Platz für dich."

Während des anschließenden Gelächters traf Sams Blick den meinen. Und beide schrien ein unhörbares „Ja".

Auf der Rückfahrt ließ ich im Boot den Tag noch einmal im Schnelldurchgang Revue passieren:

Da war zum einen Sam, der den Mittelpunkt der „Gang" darstellte, obwohl er wenig sprach. Said hatte ihn als seinen Bruder bezeichnet und Sam hatte mir erklärt, dass auch Verwandte, mit denen man ein enges Verhältnis pflegt, als Bruder oder Schwester bezeichnet würden, so wie es bei Karim und Said der Fall war, die, obwohl sie ja „nur" verschwägert waren, sich ebenfalls als Brüder bezeichneten.

Issam, der sich gerne mit einem Ehrentitel ansprechen ließ, war der Älteste der Gruppe. Er habe zu seiner aktiven Zeit einen hohen militärischen Rang innegehabt, hatte er mich wissen lassen, und deshalb bringe man ihm heute noch viel Achtung entgegen. Bei diesen Worten hatten Sams Augen kurz, einen Wimpernschlag lang, den Ausdruck gewechselt. Zu schnell war dies geschehen, als dass ich hätte feststellen können, welche Regung diese Worte bei ihm ausgelöst hatten.

Da war dann noch Hasin, den ich bisher noch nicht kennengelernt hatte, und der in den social media mir gegenüber Sam als seinen allerbesten Freund und Lebensretter bezeichnet hatte.

Die Liste meiner Fragen wurde dabei zusehends länger. Und momentan gab es nur auf die nach den Details der Geschichte des Landes Antwort. Said hatte mich mit reichlich Prospektmaterial versorgt, das ich heute Abend im Bett studieren würde.

Beim Abendessen traf ich Fee und Casey, die unversehrt und gut gelaunt von ihren Tauchgängen zurückgekehrt waren. Casey hatte mehrere Schildkröten gesehen, darunter auch etliche Jungtiere. Fee war einigen Schwarzspitzenhaien begegnet, den Walhai hatte sie noch nicht gesehen. Sie fragten mich, wie es in Male gewesen sei, und ich antwortete ausweichend, dass der Tag sehr interessant verlaufen sei.

Nach dem Essen, das wieder ausgezeichnet war und heute neben den landestypischen Speisen amerikanisches Barbecue anbot, wechselten wir zur Bar, wo später eine Disco stattfinden sollte. Wir suchten uns einen Platz am Rande des Raumes und bestellten Weinschorle.

Während wir auf das Bestellte warten, fragt Fee: „Wisst ihr, was Tauchlehrer und Kondome gemeinsam haben? Nein? Mit es ist sicherer, ohne macht es mehr Spaß". Sie schaute zu Casey. „Jetzt du".

„Ok. Kommt ein Mann zum Arzt und fragt: Sind Fische eigentlich gesund? Sagt der Arzt: Ich glaub schon, bei mir war jedenfalls noch keiner in Behandlung." Beide sahen mich an.

„Ich bin keine Taucherin" versuchte ich abzuwehren. Die beiden grinsten nur. Also sagte ich:

„Na gut. Keinen Witz, aber einen Spruch habe ich: Alle Kinder spielen mit dem Hai. Nur nicht Schröder, der ist Köder."

Der Kellner kam mit unseren Getränken. Kurz darauf fing die Musik an. Techno, Pop und einige ACDC Nummern waren bereits gespielt als Casey fragte:

„Warum tanzt eigentlich niemand?"

„Das ist meistens so am Anfang des Abends" sagte ich. „Gleich springen ein paar Kinder auf der Tanzfläche herum, dann kommen die Teenies und erst wenn genügten Cocktails serviert wurden, wagen sich auch ein paar Erwachsene auf die Tanzfläche."

„Das ist mir zu blöd" sagte Casey. „Ich gehe jetzt".

Wir sahen sie verdutzt an, aber sie stand auf und ging....jedoch nicht zum Bungalow sondern auf die Tanzfläche und rockte los. Fee beobachtete sie eine Weile und fragte dann: „Hättest du ihr das zugetraut?" Ich verneinte. Gemeinsam sahen wir zu, wie Casey tanzte und sich – oh Wunder – die Tanzfläche nach und nach mit Erwachsenen füllte.

Um Mitternacht war Schluss und wir gingen zu unseren Bungalows.

Kaum lag ich im Bett, erklang die Melodie meines Telefons. Es war Sam.

„Hast du schon geschlafen?" fragte er. Ich verneinte und sagte, dass ich ein Nachtmensch sei und immer spät schlafen gehe. Das schien ihm zu gefallen, denn ich hörte sein Lachen durch das Telefon. Dann sagte er: „Kannst du morgen um Mitternacht am Anleger sein? Ich hole dich ab."

„Geht klar" sagte ich. „Was hast du vor?"

„Nimm Badesachen mit. Schlaf gut. Bis morgen."

Und dann lag ich wach und fragte mich, was das nun wieder zu bedeuten hatte. An Schlaf war jetzt nicht mehr zu denken. Also studierte ich die Prospekte, die die Geschichte der Inseln bis zur Gegenwart wiedergaben. Eine höchst spannende Lektüre. Allerdings stieß ich auf eine Merkwürdigkeit. Bei einem Aufstand Ende der 80er Jahre hatten einige Angehörige des Militärs gemeinsam unter Führung eines Geschäftsmannes und mit Hilfe tamilischer Soldaten aus Sri Lanka die amtierende Regierung zu stürzen versucht. Der Putsch war gescheitert, weil es dem Präsidenten gelang, indische Truppen zu Hilfe zu hole. Unter den Aufständischen war ein Mann, der den gleichen Namen wie Issam trug. Etwa ein Verwandter? Ich nahm mir vor, Sam zu fragen. Gegen drei Uhr schlief ich endlich ein.

Der Frühstückstisch war noch leer, als ich eintraf. Also organisierte ich mir erst einmal Kaffee und wartete auf Fee und Casey. Während mein Blick auf den Eingang des Restaurants gerichtet war, trat eine Frau, die zu der Tauchgruppe gehört, an den Tisch und sagte:

„Richtest du bitte Fee aus, dass Vincent den Spiegel aufgehängt hat". Und schon ging sie weiter. Ich rief hinterher: „Wo hat er ihn denn aufgehängt?" Sie drehte sich um und sagte: „Na, im Wasser."

Mein Gesicht zeigte immer noch den verblüffen Ausdruck als Casey und Fee eintrafen.

„Was ist los?" fragte Fee auch sofort. „Du siehst so...wie soll ich sagen...aus."

„Ich habe eine Nachricht von einer deiner Tauchkolleginnen für dich" entgegnete ich. „Ich zitiere: Vincent hat den Spiegel aufgehängt."

Casey fragte, wie ich vorher: „Wo hat er ihn aufgehängt?" und ich antwortete: „Na, im Wasser!"

„Aha" sagt Casey und sah jetzt genauso verblüfft aus wie ich.

Fee grinste. „Lasst uns unser Frühstück holen, dann erkläre ich euch, worum es geht."

Als wir alle wieder am Tisch saßen sagte sie: „Es gibt den sogenannten Spiegelselbsterkennungstest, womit man den Beweis erbringen will und kann, dass bestimmte Lebewesen – ähnlich wie der Mensch - ein Selbstbewusstsein besitzen. Seit vielen Jahren weiß man, dass Primaten dazu fähig sind. Später fand man heraus, dass auch bestimmte Delphin- und Walarten dieses Bewusstsein entwickeln können. Und jetzt kommen wir zu Vincent" lachte Fee. „Er glaubt, dass auch Haie dieses Bewusstsein besitzen und hat darum einen Spiegel am Außenriff befestigt."

Casey lachte laut auf. „Erwartet er jetzt, dass eure Haie sich vor dem Spiegel rasieren und kämmen?"

Fee antwortete grinsend: „So wie er es anfängt, kann es natürlich zu überhaupt keinem Ergebnis führen, aber wir lassen ihm seinen Spaß. Ansonsten ist er harmlos."

Wir beendeten zügig unser Frühstück, da die beiden wieder pünktlich ihre Tauchgänge starten wollten. Ich suchte mir ein ruhiges Fleckchen Strand und holte den versäumten Schlaf nach. Gegen Mittag erwachte ich. Der Himmel war bedeckt. Es wird sicher bald regnen, dachte ich. Ich hoffte nur, dass die Schlechtwetterfront so schnell abzieht, wie sie sich aufgebaut hat. Schnell raffte ich meine Sachen zusammen und geriet in Sichtweite meines Bungalows in den ersten Guss. Die noch zurückzulegenden dreißig Meter reichten, um mich bis auf die Haut zu durchnässen, was allerdings kein Problem war, da ich einen Badeanzug unter der dünnen Tunika trug. Meine Tasche, in der sich mein Phone und meine Kamera befinden, war Gott lob wasserdicht.

Ich nutzte die Zeit, um mir einen Kaffee zu kochen, ein wenig zu lesen, und knapp zwei Stunden später war der Himmel wieder blau, die Sonne schien, und die Liegen am Strand waren schon fast wieder trocken.

Wie immer trafen wir uns zum Abendessen und gingen anschließend zur Bar. Dort auf der Sonnenuntergangsterrasse – auf Stelzen ins Meer hinaus gebaut – kann man wunderbar sitzen. Fee und Casey erzählten von ihren Tauchgängen und ich hörte zu. Meine Gedanken schweiften zunehmend ab. Was erwartete mich später? Wird Sam kommen? Und wohin will er mit mir? Soll ich den beiden sagen, dass ich noch einen nächtlichen Ausflug plane? Ich beschloss erst einmal nichts zu sagen. Stattdessen bestellte ich mir eine Cola und Wodka. Als ich beides in die mitgebrachte, leere Wasserflasche füllte, sahen mich Fee und Casey fragend an.

„Ich mache ein Experiment" lachte ich „wie viel Wodka-Cola verträgt ein Schwarzspitzenhai bevor er anfängt zu singen?"

„Ok." sagte Fee „du willst uns also nichts erzählen. Auch gut. Aber morgen erwarten wir einen ausführlichen Bericht. Für heute ist bei mir Schluss. Ich bin todmüde. Die Tauchgänge schlauchen ganz schön."

Auch Casey erhob sich. „Bis morgen zum Frühstück" sagte sie. Dann waren die beiden weg, und ich bestellte mir noch einmal eine Cola und einen

Wodka und füllte beides wieder in die Flasche, die ungesehen wieder in meiner Handtasche verschwand.

Auch ich lief zu meinem Bungalow. Ich vertauschte meine Unterwäsche mit einem Tankini, zog Jeans und Bluse darüber, überprüfte kurz mein Äußeres, griff meine Handtasche, stopfte noch ein Handtuch hinein und gelangte ungesehen zum Anleger.

Bis gegen acht Uhr am Abend ist der Anleger mit einem Wachposten besetzt. Danach patrouillieren nur noch Wachen rund um die Insel. Ich hatte nicht den Eindruck, dass sie ihre Aufgabe allzu ernst nehmen. Manchmal vergehen mehr als 45 Minuten, bis der Wächter wieder an meinem Bungalow vorbeikommt, und das bei einer Insel, die man locker in zehn Minuten umrundet hat.

Nach Einbruch der Dunkelheit bis zum Morgen findet normalerweise kein Bootsverkehr statt, weswegen der Anleger nicht besetzt ist. Ich kletterte vorsichtig auf die Plattform, die kurz über der Wasseroberfläche zum bessren Ein- und Ausstieg angebracht ist und mich vor Blicken von Land vollkommen verbarg. Es war fünf vor Zwölf. Ich hätte jetzt gerne eine Zigarette geraucht, fürchtete aber, dass der Geruch des Rauches mit verraten könnte. Also wartete ich, die Tasche fest an mich gepresst, nahezu bewegungslos und starrte in die Dunkelheit. Irgendwann bog eine dunkle Masse um die Landzunge und näherte sich geräuschlos meiner Plattform. Ich erkannte die Umrisse eines Bootes, in dem zwei Gestalten standen. Ich erhob mich.

Vor dem gebleichte Holz des Anlegers müsste ich gut zu erkennen sein. Und richtig, die eine Gestalt hob den Arm und winkte. Wenig später halfen mir zwei Hände in das Boot, das sofort wieder ablegte. Der Motor war so leise, dass das Geräusch vom Rauschen der Wellen vollkommen verschluckt wurde. Erst hinter der Landzunge und weit jenseits der Korallengärten schaltete der Bootsführer das Licht ein und zog den Motor hoch.

Sam saß mir gegenüber und schweigend sahen wir uns an. Ab und zu zog ein Lächeln über sein Gesicht. Nach etwa zwanzig Minuten Fahrt erreichten wir wieder einen Anleger. Die Insel schien sehr klein zu sein, und durch die Bäume waren zwei Feuerstellen zu erkennen.

„Wir sind nicht allein auf der Insel" sagte Sam. Es klang so etwas wie Bedauern in seiner Stimme. Oder irrte ich mich? Er sprach kurz mit dem Bootsführer, nahm einen Rucksack auf und half mir aus dem Boot, das kurz darauf wieder davon fuhr. Ich sah ihm nach.

„Er kommt nach Sonnenaufgang zurück" sagte Sam. Dann nahm der vorsichtig meine Hand und führe mich über den Strand bis zum Baumstamm einer Palme. Er legte seinen Rucksack ab und bedeutete mir zu warten. Dann verschwand er. Kaum zwei Minuten später war der wieder da.

„Liebespaare" sagte er und deutete mit dem Daumen über die Schulter. „Zwei Stück. Wir bleiben am besten hier. Soll ich Feuer machen?"

Ich verneinte. Die Nacht war so warm, da bedurfte es keines Feuers. Aus meiner Tasche zog ich die Flasche mit dem Wodka-Cola-Gemisch.

„Happy Partytime" sagte ich und reichte ihm das Getränk. Er nahm einen Schluck, lachte sein glucksendes Lachen und gab mir die Flasche zurück. Wir saßen an die Palme gelehnt, unsere Schultern berührten sich. In das Schweigen hinein fragte ich: „Wie soll ich dich nennen? Sam ist doch nur ein Alias-Name."

„Thaer" sagte er. „Mein Name ist Thaer Abdullah."

„Erzähl mir etwas von dir" sagte ich nach einer Weile. „Was willst du wissen?" fragte er zurück.

„Du hast mir gesagt, dass du zu einer hohen Strafe verurteilt wurdest. Hast du jemanden umgebracht oder bist du ein Terrorist?"

„Weder noch. Hast du Angst vor mir?"

„Sollte ich?"

„Nein, natürlich nicht. Ich habe niemanden umgebracht und habe es auch nicht vor, sofern man mich nicht dazu zwingt."

„Ok. Wie hast du deine Freunde kennengelernt?"

„Said ist ein Cousin. Ihn kenne ich schon seit Kindertagen. Hasim kenne ich seit meiner Teenagerzeit. Karim gehört zu meinem Freundeskreis seit er Saids Schwester geheiratet hat, und Issam habe ich im Gefängnis kennengelernt."

„Weswegen war er denn dort?" Ich vermied das Wort Gefängnis ganz bewusst.

„Es war für ihn bereits das zweite Mal. Das erste Mal war er Ende der 80er Jahre im Gewahrsam. Er hat aktiv an einem missglückten Putsch mitgewirkt und dabei eine Anzahl Zivilisten getötet." Spontan musste ich an die Broschüre denken, in der mir die Namensgleichheit aufgefallen war. Kein Verwandter von Issam hatte mitgeputscht sondern er höchst selbst!

Mir verschlug es den Atem.

„Und wieso ist er ein freier Mann, trägt einen Ehrentitel und protzt mit seinem Vermögen?"

„Das hat etwas mit der Politik zu tun. Jene, die Vorteile durch den Putsch hatten, haben sich erkenntlich gezeigt. Wollen wir schwimmen gehen?"

Aha, Sam wollte also das Thema wechseln. Ich entledigte mich einer Jeans und meiner Bluse und ging langsam Richtung Strand. Sam folgte mir. Er hatte nur das Hemd abgelegt, die Jeans aber anbehalten. Nun, mir sollte es Recht sein.

Der Strand fiel sanft ab, und das Wasser erreichte jetzt, bei Flut, nach etwa zwanzig Metern Schwimmtiefe. Sam ermahnte mich, die Flachwasserzone nicht zu verlassen und lieber parallel zum Strand zu schwimmen. So umrundeten wir die Landspitze zu unserer Linken, bis wir das erste Strandfeuer erblickten. Es brannte mit kleiner Flamme, und zwei Gestalten lagen nicht weit davon entfernt im Sand. Wir kehrten wieder um und stiegen in der Nähe unseres Lagerplatzes aus dem Wasser.

Ich zog das Handtuch aus der Tasche und bot es Sam an. Er nahm es und tupfte mir vorsichtig den Rücken ab, dann gab er es mit den Worten: „Du bist schön" an mich zurück.

Ich griff nach der Flasche in meiner Tasche und reichte sie Sam. Irgendwie war eine Spannung zwischen uns, die jede Spontaneität im Keim erstickte. Ich würde liebend gern in seinen Armen liegen. Ob er genauso empfand? Aber warum tat er dann nichts dergleichen? Schüchternheit? Gesellschaftliche Zwänge? Religiöse Vorbehalte?. Als hätte er meine Gedanken erraten sagte er:

„Wenn ich dich jetzt berühre, führt das zu..... du weißt schon was. Und da wir hier nicht allein sind, geht das nun einmal nicht. Es wird noch andere Gelegenheiten geben." Und nach einer kurzen Pause: „Erzähl mir von dir."

Bevor die Sonne aufging, entfernte sich Sam und bat mich, bei der Palme zu bleiben. Ich nahm an, dass es Zeit für das Morgengebet sei und bleib still sitzen, rauchte eine Zigarette und trank den letzten Schluck aus meiner Flasche.

Kurz nach Sonnenaufgang kam das Boot. Schweigend stiegen wir ein, und schweigend erreichten wir den Anleger von Sundance Island. Wir hatten die ganze Zeit mit den Augen kommuniziert. Jetzt hob Sam die Hand zum Gruß und machte dann das Zeichen für „ich rufe an". Ich nickte und stieg aus. Ohne mich umzudrehen ging ich den Steg entlang und hörte, wie das Boot hinter mir Fahrt aufnahm.

Im Bungalow duschte ich und zog mich um. Ich war verwirrt. Sam hatte ein wenig aus seiner Kindheit und Jugend erzählt, die nicht allzu erfreulich war, da er früh von seiner Mutter verlassen worden war. Seine Oma väterlicherseits hatte ihn unter ihre Fittiche genommen, und an der schien er mit großer Liebe zu hängen. Leider war sie nicht mehr am Leben.

Die zeitliche Lücke zwischen Jugend und der Gegenwart war groß und lediglich mit der Information, dass er geschieden sei, gefüllt worden. Zudem hatte der verschiedene Studien-Abschlüsse vorzuweisen, so u.a. in Englischer Literatur, Kunstgeschichte, Islamwissenschaft, Psychologie. Jedoch war mir immer noch nicht klar, ob und was er arbeitete.

Ich brauchte jetzt erst einmal einen Kaffee. Mit der vollen Tasse in der Hand ging ich zum Strand und sah, wie die Sonne langsam immer höher stieg. Das Wasser, das vorher golden geschimmert hatte, bekam langsam seine natürliche Farbe, und die Wolken, die durch die Sonnenstrahlen rosa gewirkt hatten, lösten sich nach und nach auf. Kurz vor acht ging ich zum Restaurant, um mich mit Fee und Casey zum Frühstück zu treffen.

Beide saßen heute schon am Tisch. Sie begrüßen mich mit dem üblichen „hello" und Fee sagte: „Du siehst aus, als könntest du viel Kaffee und noch mehr Schlaf vertragen. Was treibst du eigentlich nachts?"

„Ich schleiche mich von der Insel und fröne der Piraterie. Gegen Mitternacht holt mich die Black Pearl immer ab, wusstest du das nicht?"

„Oh, jetzt wo du es sagst, fällt es mir wieder ein. Du bist die Braut von Jack Sparrow!"

„Genau" sage ich grinsend und kippe eine weitere Tasse Kaffee in mich hinein. Dazu gab es scharfen Thunfisch-Curry und Fladenbrot, ein Rührei mit Chili und ein großes Stück frische Ananas. So gestärkt brachte ich meine beiden Tauch-Mädels noch bis zum Meeting-point, bevor ich mich zu meinem favorisierten Strandabschnitt aufmachte. Der Himmel war nicht mehr klar, einzelne Wolken hatten sich gebildet. Das ideale Wetter, um am Strand zu schlafen.

Ich wachte erst weit nach Mittag auf, schwamm, rauchte, fotografierte und ging gegen fünf Uhr zurück zum Bungalow. Pünktlich um sieben Uhr steuerte ich das Restaurant an.

Der Kellner auf der Sonnenuntergangsterrasse kannte unsere Wünsche schon und fragte nur „wie immer?". Wir nickten und genossen den lauen Abend. Fee hatte heute mehrere Ammenhaie gesehen, sie zeigte die Unterwasseraufnahmen, die sie geschossen hatte. Casey war ebenfalls zufrieden mit dem heutigen Tag, da sie ziemlich lange neben einer großen Schildkröte geschwommen ist und ebenfalls sehr schöne Aufnahmen vorweisen kann. Ich zeigte ein paar von meinen Aufnahmen: Krebse, Reiher, verschiedene Pflanzen und eine zutrauliche Drachenkopfechse.

Irgendwann meldete sich Fees Telefon. Sie entfernte sich ein wenig von unserem Tisch und sprach schnell - und wie mir schien - ein wenig ungehalten in ihr Handy. Als sie zurückkam fand ich meinen Eindruck bestätigt. Sie schien wütend zu sein.

Nach einem großen Schluck Schorle verkündete sie: „Das war mein missratener Sohn. Seit Jahren lebt er bei seinem Vater – von dem ich geschieden bin – aber immer, wenn er Mist baut, schreit er nach der Mama."

„Wie alt ist er denn?" fragte Casey.

„Sechsundzwanzig" antwortete Fee. „Man sollte also annehmen, dass er alt genug ist, um sein Leben selbst zu regeln. Aber weit gefehlt. Er hat schon zweimal sein Studium abgebrochen, erst war es Betriebswirtschaft, dann Mathematik und Informatik. Jetzt studiert er Anglistik, aber auch da ist ein Ende vorprogrammiert, da er seine Freundin geschwängert hat. Und das war der Grund seines Anrufes. Er wollte mir mitteilen, dass ich in fünf Monaten Oma werde. Und dann war er auch noch eingeschnappt, dass ich nicht vor Freude Luftsprünge gemacht habe."

Casey reichte Fee das Glas. „Trink und verschiebe dieses Problem auf morgen – oder noch besser – auf die Zeit nach dem Urlaub. Du kannst doch ohnehin nichts daran ändern."

„Stimmt....leider" sagte Fee, schon ein wenig ruhiger. „Habt ihr eigentlich Kinder?" fragt sie mit Blick auf Casey und mich. Ich verneine. Casey nickte.

„Ich habe zwei Kinder, einen Jungen und ein Mädchen.

Als Casey meinen erstaunten Blick sah, wandte sie sich mir zu.

„Stimmt, ich hatte dir gesagt, dass ich unverheiratet bin und das ist auch so. Der Vater meiner Kinder – es sind übrigens Zwillinge – ist weder mit mir noch mit sonst wem verheiratet, außer mit seiner Arbeit. Finanziell hat er mich immer großzügig unterstützt, aber die meiste Zeit seines Lebens treibt er sich im Nordpolargebiet herum. Er ist Wissenschaftler. Bei seinen gelegentlichen Besuchen verstehen wir uns wunderbar, aber alltagstauglich ist er nicht."

Fee warf ein: „Wie hast du das denn hinbekommen, Zwillinge aufzuziehen, ohne Vater aber dafür mit einem Fulltime-Job?"

„Quentin – so heißt er – hat mir gleich nach der Geburt ein Kindermädchen besorgt, eine Inuit-Frau, die acht Jahre lang bei uns geblieben ist. Dann hat das Heimweh die Oberhand gewonnen, und sie ist wieder in ihre Heimat zurück. Danach hatte ich eine Krankenschwester bei uns aus der Klinik engagiert, die wegen eines Rückleidens ihren Beruf nicht mehr ausüben konnte. Als sie uns dann aus Altergründen verlassen hat, waren die Kinder aus dem Gröbsten. In meiner direkten Nachbarschaft lebt ein kinderloses Ehepaar mittleren Alters, die sich rührend um meine beiden Halbwüchsigen gekümmert haben, wenn es notwendig war.

Fee sah zu mir „Und was ist mit dir? Warst du schon einmal verheiratet?

Ich nickte. „Ganze vier Jahre lang."

„Willst du darüber reden, wie ihr euch kennengelernt habt und so?"

„Gern. Er hat mich aus dem Wasser gezogen."

„Wer jetzt?"

„Harald, mein Ex." Beide Frauen sahen mich auffordernd an, also begann ich die Geschichte unseres Kennenlernens zu erzählen.

„Ich machte mit einer Freundin in Spanien Urlaub. Eines Nachmittags, als sie schlief, lief ich die Küstenstraße entlang. An diesem gesamten Küstenabschnitt gibt es nur sehr wenige Sandbuchten. Der überwiegende Teil dort ist Steilküste. Das Wetter war wunderbar und der Ausblick von der Küstenstraße über das tiefblaue Meer einfach umwerfend. Allerdings knallte die Sonne mit einer solchen Wucht auf den Asphalt, dass ich nur auf dem Seitenstreifen, der mit kleinem Geröll bedeckt war, gehen konnte. Mir war unerträglich heiß. Da sah ich, dass irgendjemand eine Treppe von der Straße abwärts bis zum Meer in den Felsen geschlagen hatte. Lediglich auf den letzten etwa eineinhalb Metern waren keine Stufen. Schnell hatte ich mein Sommerkleid abgelegt, darunter trug ich einen Bikini. Ich lief die Treppen hinunter und sprang von der letzten Stufe ins Wasser. Es war herrlich. Ich schwamm ein Stück hinaus, wo das Wasser dunkelblau und auch sehr viel kühler war. Als ich genügend abgekühlt war, schwamm ich zurück zur Treppe. Aber o Schreck, ich konnte die unterste Stufe nicht erreichen. Ich versuchte, mich aus dem Wasser heraus zu katapultieren, aber es fehlten immer mindestens fünfundzwanzig cm. Also was tun? Nah an der Felswand schwamm ich eine ganze Strecke erst in die eine, dann in die andere Richtung in der Hoffnung, irgendwo eine Stufe oder nur eine Spalt zu finden, der mir beim Herausklettern Halt geben würde. Aber nichts, die Felswand war vom Wasser völlig glatt gewaschen. Langsam stieg Panik in mir auf. Wie lange konnte ich noch schwimmen? Und wie sollte ich mich bemerkbar machen? Zwar fuhren auf der Küstenstraße Autos, aber solange ich nahe am Felsen schwamm, war ich im toten Winkel. Schwamm ich aber weiter hinaus und winkte, würde vermutlich niemand auf die Idee kommen, dass ich Hilfe brauchte. Irgendwann fing ich an zu schreien, aber immer nur dann, wenn kein Auto fuhr. Erstens weil das Motorengeräusch meine Stimme übertönt hätte und zweitens um meine verbleibende Kraft zu schonen.

Ich weiß nicht mehr wie lange ich geschrien habe und nah an den Felsen herumgeplanscht bin, jedenfalls tauchte plötzlich oben an der Treppe eine Gestalt auf. Es war ein junger athletisch gebauter Mann, der bis zur untersten Treppenstufe kam und mich fragte, ob ich deutsch verstehe. Ich nickte und fragte „Kannst du versuchen, mich herauszuziehen?" Er grinste breit und sagte: „Klar, aber nicht mit den Händen, das funktioniert nicht. Ich lege mich auf den Bauch und du versuchst meine Waden zu greifen. Lass auf keinen Fall los, bis du entweder den Felsen unter dir hast oder auf meinem Rücken liegst."

Ihr könnt euch vorstellen, dass ich nicht eine Sekunde daran glaubte, dass es klappen könnte. Mit meinem Gewicht an den Waden musste er die Beine wieder so weit anwinkeln, dass ich mich am Felsen oder an ihm festklammern konnte. Um eine lange Geschichte kurz zu machen. Er schaffte es auf Anhieb. Ich rollte von ihm herunter und fing an zu weinen. Alle meine Muskeln vibrierten und jetzt merkte ich erst, dass ich etliche Schrammen hatte, die alle gleichzeitig anfingen zu brennen. Mein Held lud mich ohne viel Federlesens auf seine Arme, trug mich die Treppe hinauf, setzte mich oben ab und holte aus der Tasche seines Fahrrads eine Flasche mit Wasser. Als ich getrunken hatte und ihm die Flasche zurückgab, reichte er mir mein Kleid. Wie ich später von ihm erfuhr, was es das Kleid, das ihn veranlasst hatte, die Treppe herunter zu kommen.

Gemeinsam gingen wir zurück. Er lebte während seines Urlaubs auf einem Campingplatz nahe unserem Hotel. Auch er hatte einen Freund dabei. So verbrachten wir die Tage und Abende ab diesem Zeitpunkt immer zur viert, und bevor wir uns trennten, um unsere Heimreise anzutreten, hatten wir die Adressen getauscht. Dass wir gar nicht weit voneinander entfernt wohnten, wusste ich bereits aus seinen Erzählungen. Es dauerte auch nicht einmal drei Tage bis Harald vor meiner Tür stand. Der Rest ist schnell erzählt. Wir zogen zusammen und heirateten noch im gleichen Jahr, nachdem wir uns nur knapp vier Monate kannten. Er war Sportlehrer und ich hatte mein Dolmetscherexamen in der Tasche. Wir führten ein angenehmes Leben bis wir feststellten, dass wir keine Gemeinsamkeiten hatten, und uns außer Sex eigentlich nichts verband. Also trennten wir uns, blieben aber Freunde. Harald hat mittlerweile ein gutgehendes Sportstudio, in dem ich, wenn ich Zeit und Lust habe, ab und an einmal trainiere. Das ist meine Geschichte, und ich brauche jetzt einen Schluck zu trinken."

Casey fragte Fee: „Wo und wie hast du deinen Mann kennengelernt?"

„Während des Studiums. Wir waren im gleichen Jahrgang, gleiches Studienfach und wohnten in zwei nebeneinander liegenden Wohnheimen. Eine Studentenliebe wie aus dem Kitschfilm. Vier Monate nach meinem Abschluss wurde Yosh geboren. Wir lebten in einer Wohnung in der City von Toronto, und sobald ich wieder meine Arbeit aufnahm, wurde Yosh von einer Tagesmutter versorgt. Als er jedoch in die Schule kam, bestand meine Schwiegermutter darauf, Yosh zu betreuen, da sie einige Jahre als Lehrerin gearbeitet hatte. Ich denke, das war die Wurzel allen Übels. Seine schulischen Leistungen verbesserten sich zwar von Jahr zu Jahr, aber analog dazu auch seine Unselbständigkeit. Meine Schwiegermutter zeigte ihre Liebe ihm gegenüber dadurch, dass sie ihm alles abnahm, wozu er keine Lust hatte, und ihm alles durchgehen ließ. Er brauchte weder sein Geschirr in die Spülmaschine zu räumen noch seine getragenen Sachen in den Wäschekorb zu legen. Vermutlich hat er sich in den ersten 14 Jahren seines Lebens noch nicht einmal ein Butterbrot selbst geschmiert. Wenn ich etwas darüber gesagt habe, bekam ich von meiner Schwiegermutter zu hören, dass sie Yosh halt lieben würde, und ich solle nicht so eifersüchtig sein. Mein lieber Gatte hielt sich aus solchen Diskussionen immer fein raus.

Nun, irgendwann eröffnete mir dann Pat – so heißt mein Ex -, dass er sich in seine Assistentin verliebt habe, und ich zog die Konsequenzen und nach Vancouver. Ganz so locker, wie ich das erzähle, war es natürlich nicht, aber mittlerweile sind selbst die Narben nicht mehr zu sehen." Fee lachte. „Übrigens war das nicht die letzte Assistentin. Es gab wohl einige davon. Aber das ist nicht mehr meine Baustelle. Soviel zu meiner Ehe und zu meinem missratenen Sohn Yosh."

Casey sagte: „Meine beiden Kinder sind auch noch im Studium. Martha studiert Tiermedizin, Sam Politologie. Beide unauffällig" fügt sie hinzu.

Bei der Namensnennung ihres Sohnes durchfuhr mich ein Stich. Sam hatte heute noch gar nicht angerufen. Hoffentlich war er unversehrt zu Haus angekommen. Oder war er enttäuscht vom Verlauf des Abends oder besser – der Nacht? Ich schielte auf meine Armbanduhr. Es war erst kurz nach zehn. Also riss ich mich zusammen und beteiligte mich wieder am Gespräch. Ich verbrachte gerne Zeit mit den beiden Frauen, heute jedoch war ich keineswegs böse als Casey um kurz vor elf Uhr sagte, sie sei todmüde und würde gerne schlafen gehen.

Ich nickte, und auch Fee stand auf. Wir begaben uns auf direktem Weg zu unseren Bungalows. Kaum hatte ich die Tür hinter mir geschlossen, als mein Telefon vibrierte. Im Glauben und in der Hoffnung, dass es Sam sei, hauchte ich ein „hello" in den Hörer. Am anderen Ende des Drahtes war es einen Augenblick still, dann sagte eine mir unbekannte Stimme: „Isa, bist du das?" Ich bejahte.

„Hier ist Hasin. Ich bin jetzt wieder zu Hause. Zu schade, dass ich nicht an dem Treffen teilnehmen konnte. Ich bedauere das wirklich sehr."

„Es war ja nicht deine Schuld. Außerdem bin ich noch über eine Woche hier."

„Mir geht es momentan nicht gut. Ich habe große Probleme und weiß nicht, was ich tun soll. Kann ich mit dir sprechen?"

„Natürlich. Das tust du doch schon."

„Nein, nicht am Telefon."

„Soll ich nach Male kommen?"

„Das wäre toll. Ich kann noch nicht so gut laufen, weißt du?"

„Glaubst du, du könntest es bis zu eurem Stammcafé schaffen? Wenn nicht, nimm ein Taxi."

Ein Lachen am anderen Ende der Leitung. „Das wird nicht nötig sein. So groß ist die Entfernung nicht. Wann kommst du?"

„Übermorgen, wenn es dir Recht ist. Um 10.00 Uhr im Café?" Ich wusste, dass am nächsten Tag Freitag, also der muslimische Feiertag war, an dem ein Besuch in der Hauptstadt nicht angebracht war.

„Ja, großartig. Soll ich Sam anrufen?"

„Das liegt in deinem Ermessen. Vielleicht möchtest du lieber erst mit mir allein sprechen?"

„Ja, eigentlich schon."

„Dann sag ihm, es wäre schön, wenn er um 11.00 Uhr zum Restaurant-Café käme. Das gibt uns Zeit, vorher unter vier Augen zu sprechen."

„Ja, so machen wir es. Danke und bis übermorgen."

Bevor ich noch ein „Schlaf gut" anfügen konnte, hatte er aufgelegt.

Ich dachte nach während ich mich bettfertig machte. Hasin hatte mir vor einiger Zeit mitgeteilt, dass er an einer degenerativen Erkrankung leide und hinzugefügt, dass die Medikamente, die er dagegen erhalte, nicht wirken würden. Ich hatte daraufhin von ihm per Mail Untersuchungsbefunde angefordert, die ich an einen Professor, für den ich schon einige Übersetzungen gemacht hatte, weiterleitete.

Daraufhin hatte mir Prof. Hamilton-Johns einen Fragebogen zugesandt, der von Hasin ausgefüllt wieder an ihn zurückgeschickt werden sollte. Aufgrund der darin enthaltenen Angaben wollte Prof. Hamilton-Johns die Medikation überprüfen und Behandlungsvorschläge machen. Leider hatte Hasin aus mir nicht bekannten Gründen den Fragebogen nie zurück geschickt. Nun, ich würde übermorgen sicher den Grund erfahren. Und ich würde Sam wiedersehen. Mit diesem Gedanken schlief ich ein.

Als ich erwachte war es noch dunkel. Heute war Freitag und somit der muslimische Gebetstag. Im Resort gab es zwar Frühstück, Mittag- und Abendessen wie immer, aber das Personal war deutlich reduziert. Auch der Bootsverkehr war eingeschränkt, der Transfer vom und zum Flughafen ausgenommen.

In mir war eine Unruhe, die ich mir nicht erklären konnte. Ich brauchte Bewegung. Nur welcher Art? Schwimmen allein half nicht. Rund um die Insel zu joggen, war auch nicht ratsam, da man nicht durchgängig am Strand entlang laufen konnte. Ein Fitness-Studio wäre jetzt schön, dachte ich und hielt Ausschau nach meinen beiden Taucherinnen.

Während ich mit einer Tasse Kaffee auf der Terrasse saß und immer wieder zu den beiden Bungalows neben mir schielte, ob sich da schon irgendeine Form von Leben zeigte, fiel mir ein Mann auf, der sich immer wieder umblickend seitlich neben dem Hauptweg durch das Dickicht kämpfte. Als er auf meiner Höhe war, bemerkte er mich und erkannte, dass auch ich ihn bemerkt hatte. Er trat auf den Weg und kam mit zögernden Schritten auf meinen Bungalow zu. Er war nicht mehr jung. Ich schätzte ihn auf etwa Ende Fünfzig Jahre oder älter. Leise fragte er in schwer verständlichem Englisch, ob er mich etwas fragen dürfe.

„Sicher" sagte ich und nickte.

„Wo finde ich die Unterkunft der Köche?" fragte er.

„Das erfahren Sie am besten an der Rezeption"
antwortete ich. Er schüttelte den Kopf.

„Ich darf nicht hier sein" sagte er und blickte mich
bittend an. „Können Sie es mir nicht sagen?"

„Wen suchen Sie denn?" stellte ich eine Gegenfra-
ge.

„Kabir Biswas, meinen Sohn" antwortete er leise.

„Den kenne ich", antworte ich erfreut. Es war der
junge Koch, ein Inder, der die Omeletts und Rühr-
eier beim Frühstück bereitete. Ich sah auf meine
Uhr. Es war noch zu früh, das Restaurant hatte
noch nicht geöffnet. Aber ich wusste, wo der Kücheneingang war.

Ich schloss die Tür zu meinem Bungalow, bedeutete dem Mann, sich auf die Terrasse zu setzen,
schoss ein Foto von ihm mit meinem Handy und
lief zum Restaurant. Dort rief ich in den offenen
Kücheneingang Kabirs Namen. Kurze Zeit später
trat er heraus und sah mich irritiert an. Ich hob die
Hand, um ihn am Sprechen zu hindern und fragte.

„Haben Sie einen Vater......." und zeigte ihm das
Foto.

Kabir nickte mit verstörtem Blick.

„Dann kommen Sie" sagte ich und zog ihn mit mir
zu meinem Bungalow. Als Kabirs Vater Schritte
hörte, spähte er vorsichtig um den Pfeiler, trat
dann hervor und sprach einige wenige Worte mit
seinem Sohn, worauf ich sah, dass Kabir Tränen in

die Augen traten. Er nahm seinen Vater bei der Hand, nickte mir zu und entfernte sich.

Inzwischen waren Fee und Casey aus ihren Bungalows gekommen und begutachteten den Himmel.

„Was war das?" fragte Casey und deutete mit dem Kinn in die Richtung in der Kabir mit seinem Vater verschwunden war. Fee, deren Bungalow direkt neben meinem lag, antwortete:

"Die Mutter des jungen Mannes ist gestorben."

Casey und ich sahen Fee erstaunt an. „Woher weißt du?" fragte ich. Sie grinste ein wenig und sagte „Ich habe acht Jahre lang mit einem indischen Kollegen zusammen gearbeitet und ein wenig Hindi verstehen gelernt."

Wir gingen zum Restaurant um zu frühstücken. Wie zu erwarten, stand heute ein anderer Koch am Buffet und briet Eier. Ich hoffte, noch etwas über das weitere Schicksal von Vater und Sohn zu erfahren, obwohl es mich nichts anging. Aber es berührte mich irgendwie, nur wusste ich nicht, wen ich hätte fragen können, da ja gar nicht klar war, ob jemand von der Resort-Verwaltung darüber informiert war, dass der Vater seinen Weg auf die Insel gefunden hatte. Wie war er überhaupt dorthin gelangt? Und was erwartete er von seinem Sohn?

Ich wusste aus einem Gespräch mit Said, dass die Verträge der Arbeiter in aller Regel zwei Jahre lang gültig waren. Während dieser Zeit hatten die

Beschäftigten ihren Dienst zu versehen. Erst danach entschied es sich, ob sie für ein weiteres Jahr beschäftigt wurden oder ob sie die Insel verlassen mussten oder durften.

Der alte Mann hatte einen ärmlichen Eindruck gemacht, auch hatte er nur eine Umhängetasche bei sich gehabt. Ich teilte meine Gedanken Fee und Casey mit. Fee überlegte kurz und sagte: „Ich kümmere mich darum, später, wenn ich vom Tauchen zurück komme. Ich glaube, ich weiß, wen wir fragen können."

Nach der letzten Tasse Kaffee trennten wir uns und verabredeten uns – wie üblich – zum Abendessen.

Als Fee eintraf, machte sie ein geheimnisvolles Gesicht, sie schwieg aber beharrlich bis wir nach dem Essen wieder auf „unserer" Terrasse saßen.

„Also hört zu" eröffnete sie das Gespräch. „Neben dem Tauchertreff wohnt in einem der Bungalows einer der Manager des Resorts. Wir kamen am zweiten Tag meines Hierseins ins Gespräch, und seitdem ist er rein zufällig immer am Treff, wenn wir vom Tauchen zurückkommen."

Casey unterbrach Fee, indem sie fragte: „ Ist das der große Mann, der dir neulich einen Kaffee gebracht hat?"

Fee feixte. „Ja, genau der. Ich war so müde vom Tauchen und sagte, ich wisse nicht, wie ich meinen Kram aufräumen solle ohne vorher Kaffee getrunken zu haben. Nun, er war so nett, mir eine Tasse zu organisieren...aber hört weiter. Ich habe ihm heute kurz geschildert – ohne Nennung eines Namens – was heute Morgen geschehen ist und gefragt, wie in solchen Fällen verfahren wird..... Er hat daraufhin auf seiner Lippe herumgekaut und dann gesagt: „Wir brauchen noch Personal, um die Wege und das Gelände sauber zu halten. Das mit der Arbeitserlaubnis geht von hier aus relativ problemlos. Sagen Sie mir, um wen es sich handelt." Schließlich habe ich es ihm gesagt und er versprach, sofern das im Sinne des Vaters ist, ihn zu beschäftigen. Er fügte noch an, dass seine Mutter Inderin sei. Vielleicht war das der Auslöser für seine Hilfsbereitschaft. Auf jeden Fall werde ich morgen früh Kabir fragen, ob alles in Ordnung ist.

Wir stießen auf die gute Nachricht an und frotzelten dann, welchen Preis Fee für diese Gefälligkeit wohl würde zahlen müssen und in welcher Währung, bis es Zeit war, schlafen zu gehen.

Das Dhoni hielt an der gewohnten Stelle gegenüber dem großen Bankhaus. Mühelos fand ich den Weg zum Restaurant. Ich musste noch einige Minuten warten bevor Hasin auftauchte. Er humpelte stark und hatte einen bandagierten Fuß. Wir begrüßten uns und bestellten Kaffee. Nachdem der Kellner wieder gegangen war, fragte ich ihn, wie es ihm gehe. Er deutete auf seinen Fuß und sagte:

„Nicht so gut".

„Lebst du bei deiner Familie?" wollte ich wissen. Er schüttelte den Kopf.

„Mit meinen Eltern und Geschwistern habe ich so gut wie keinen Kontakt mehr."

„Und wer versorgt dich jetzt?"

„Meine Frau."

Mir bleib vor Staunen der Mund offen stehen. Bisher hatte Hasin in den social media immer so getan, als sei er alleinstehend. Ja, er hatte bisher auch gelegentlich heftig mit Damen aus seinem Freundeskreis geflirtet und einer von ihnen für alle sichtbar Liebeserklärungen gesandt. Ich ließ ihn nicht im Unklaren darüber, dass ich sehr erstaunt über die Tatsache, dass er verheiratet ist, sei. Umso mehr, da er ja für jedermann sichtbar mit anderen Frauen geflirtet habe.

Er nickte dazu nur und sagte: „Deswegen wollte ich mit dir sprechen. Meine Frau will sich von mir trennen, aber das weiß bisher niemand. Und ich möchte gerne zur Ines nach Mexico fahren und sie persönlich kennenlernen. Was hältst du davon?"

„Sorry, Hasin, aber ich bin hierhergekommen, weil du mich glauben hast lassen, du habest gesundheitliche Probleme. Als Eheberater bin ich fehlbesetzt."

Er ignorierte meinen Einwand. „Ines ist zwölf Jahre älter als ich. Glaubst du, das kann funktionieren? Hattest du schon einmal eine Beziehung zu einem jüngeren Mann?"

„Erstens stehe nicht ich zur Diskussion und zweitens geht dich das nichts an. Ich finde dein Verhalten deiner Frau gegenüber inakzeptabel. Wenn mein Mann, so ich denn einen hätte, in aller Öffentlichkeit mit anderen Frauen dermaßen intensiv flirtete, würde auch ich die Konsequenz daraus ziehen. So, und damit ist das Thema für mich beendet."

Ich sah auf meine Armbanduhr. Es war kurz vor Elf. „Wann kommt Sam?" fragte ich und wünschte mir, er wäre schon da.

„Ich weiß nicht, ich habe ihn nicht erreicht."

„Was heißt das?"

„Er ist nicht ans Telefon gegangen. Vielleicht schläft er noch."

„Du hast ihn doch sicher gestern gesehen. Hast du ihm nicht gesagt, dass wir heute verabredet sind?"

Hasin schüttelte den Kopf. „Hab ich vergessen zu sagen."

„Dann rufe ihn bitte jetzt an."

Hasin zückte sein Telefon und wählte eine Nummer. Nach einer kurzen Pause sprach er schnell in das Handy. Dann sagte er: „Ich glaube er ist bei Said zum Lunch. Sollen wir auch hingehen?"

„Wir können doch nicht einfach ohne Einladung zum Lunch auftauchen. Ich fände das sehr ungehörig und aufdringlich."

Hasin nickte wieder. „Aber Issam wird gleich kommen."

„Woher weiß er denn, dass ich hier bin?"

„Hast du ihn nicht angerufen?"

„Nein."

„Dann weiß er es vermutlich von Sam".

„Wie kann er das von Sam wissen, da diesem ja gar nicht bekannt ist, dass ich hier bin? Du hast ihn doch angeblich nicht erreicht."

Hasin zuckte mit den Schultern. „Ich weiß auch nicht."

Wie aufs Stichwort kam in diesem Moment Issam zum Tisch. Hasin überfiel ihn mit einem Wortschwall, Issam nickte und begrüßte mich dann wieder mit einer Umarmung, was mir heute ausgesprochen unangenehm war, zumal nach den Informationen, die ich von Sam erhalten hatte.

Issam setzte sich, bestellte Kaffee und sagte: „Karim lässt sich entschuldigen, er hat sehr viel zu tun, deshalb hat er mich gebeten, dir ein wenig von unserer Hauptstadt zu zeigen."

„Woher weiß Karim, dass ich hier bin?"

„Einer seiner Kellner hat ihn angerufen. Ihm gehört dieses Restaurant, aber er hat noch zwei weitere. In einem davon ist er heute." Und an Hasin gewandt: „Wo nehmt ihr euren Lunch?"

„Ich esse mittags nie" entgegnete ich, und Hasin zuckte mit den Schultern.

„O.k." sage Issam. „Dann trinkt noch etwas. Ich komme um ein Uhr mit meinem klimatisierten Van hierher. Dann fahren wir durch die Stadt und ich zeige Isa die Sehenswürdigkeiten."

Die nächsten eineinhalb Stunden unterhielten wir uns über das Land, die Hauptstadt und über Hasins Beruf. Er war Komponist und schrieb für die regionalen Pop-Stars die Musik zu den Songs, einmal hatte er sogar für einen indischen Film die Musik komponiert.

Zwischendurch fragte er: „Sollen wir ein Stück spazieren gehen?"

„Ich denke, du kannst kaum laufen, da werde ich dich sicher nicht auf einen Spaziergang begleiten".

Er zuckte wieder mit den Schultern. „Ich dachte ja nur."

„Ruf doch bitte noch einmal Sam an."

Hasim wählte eine Nummer und wartete: „Es nimmt niemand ab" sagte er.

Issam kam pünktlich und lud uns in seinen schwarzen vollklimatisierten Van. Wir kamen nur im Schritttempo voran, da der Verkehr wieder höllisch war. Dadurch hatte er aber genügend Zeit und Gelegenheit, mich auf die verschiedenen Sehenswürdigkeiten aufmerksam zu machen. Am Jachthafen stiegen wir aus und Issam kaufte für uns frische Kokosnüsse. Während wir an einem aus einfachen Brettern zusammen genagelten Tisch saßen und die Kokosmilch tranken, erzählte Issam, dass er ein Geschäft in Male habe. Er verkaufe Motorräder und Ersatzteile. Sei Geschäft sei das größte Motorradgeschäft auf den gesamten Malediven. Außerdem habe er ein Haus auf einer der Inseln im Baa-Atoll und eine riesige Wohnung in einem Hochhaus hier in der Stadt. Er machte keinen Hehl daraus, dass er wohlhabend sei und Hasin fügte hinzu: „Viele sagen, dass Issam der reichste Mann hier in Male ist."

„Schön" entgegnete ich und dachte mir meinen Teil.

„Was arbeitete Sam eigentlich?" fragte ich wie nebenbei. Beide lachten. Issam sagt: „Er arbeitet nichts. Er ist nachts wach und schläft am Tag. Ich habe ihm schon oft gesagt, er solle seinen Lebens-rhythmus ändern, aber er ist beratungsresistent."

„Ich meine, was hat er für einen Beruf erlernt?"

Ohne auf meine Frage einzugehen fuhr Issam fort: „Er macht viel im Internet, ist in allen gängigen social media präsent. Er braucht diese Form der Anerkennung". Hasin lachte dazu. Jetzt war ich komplett irritiert. Die Geringschätzung seitens Issam kam zwar auch überraschend, aber dass Hasin seinen besten Freund – so hatte er Sam mehrfach bezeichnet - so in die Pfanne haut, fand ich doch recht merkwürdig.

Als es Zeit wurde, mein Boot aufzusuchen, brachte Issam mich direkt bis zur Mole. Beim Abschied versuchte er, mich zu küssen, was ich durch eine schnelle Drehung meines Kopfes zu verhindern wusste.

Höflich aber kühl bedankte ich mich bei ihm und Hasin für die gewidmete Zeit und die „sehr interes-santen Eindrücke" und kletterte an Bord. Hasin war mit ausgestiegen, und ich sah gerade noch, wie Issam ohne ihn weiterfuhr.

Wir waren noch keine zehn Minuten unterwegs, als mein Handy die mir wohlbekannte Melodie hören ließ. Es war Sam.

„Wo bist du?" fragte er.

„Auf dem Rückweg zum Resort."

„Warum hast du mir nicht gesagt, dass du nach Male kommst."

„Wir haben mehrfach versucht, dich zu erreichen, aber entweder hast du nicht abgenommen oder du warst bei Said zum Lunch."

Es folgt eine längere Pause. „Wo war ich?"

„Bei Said zum Lunch".

„Wer hat das gesagt?"

„Hasin."

„Ich rufe dich in einer halben Stunde in deinem Bungalow an."

Damit war das Gespräch zu Ende. Aber eines war mir aufgefallen. Sam stand kurz vor einer Explosion. Ich hatte selten so viel Wut in einer Stimme wahrgenommen.

Mein Kaffee war noch unberührt, als sein Anruf kam. Sam bat mich – mit verhaltenem Zorn in der Stimme, der eindeutig nicht mir galt – den gesamten Ablauf von Anfang an zu erzählen. Ich tat ihm den Gefallen. Er hörte kommentarlos bis zum Ende zu. Dann sagte er: „Warum hast du mich nicht auf meinem Festnetz angerufen. Du hast doch die Nummer."

„Ich habe mich darauf verlassen, dass Hasin dich erreicht" sagte ich.

„Hinter der ganzen Angelegenheit steckt ein Plan" fuhr Sam fort. „Normalerweise ruft mich Hasin jeden Vormittag zu sich, wir trinken dann Kaffee. Heute habe ich keinen einzigen Anruf auf meinem Festnetz, und auf meinem Handy ist ebenfalls kein Anruf von Hasin eingegangen. Wenn er also behauptet hat, er habe mit mir gesprochen, hat er gelogen.

Aber seit einer halben Stunde wechseln sich die Anrufer auf beiden Telefonen ab. Jeder will mir mitteilen, dass du mit Issam in Male verabredet warst."

„Das stimmt so nicht. Ich war lediglich mit Hasin verabredet. Niemand sonst wusste von dieser Verabredung, da ich hoffte, dich anschließend treffen zu können. Kann es sein, dass Issam diese Verabredung mit Hasin initiiert hat?"

„Ja, vermutlich."

„Ich dachte, ihr seid befreundet."

„Wir haben uns im Gefängnis kennengelernt, das habe ich dir bereits erzählt. Er hatte dort große Probleme. Ich habe dafür gesorgt, dass die anderen Gefangenen ihn nicht massakrieren. Eigentlich müsste er mir dafür dankbar sein. Ich habe ihm auch später das eine oder andere Mal geholfen als er geschäftliche Schwierigkeiten hatte. Er lässt zwar immer durchblicken, dass er der reichste Mann von Male ist, aber das ist Illusion. Es geht ihm finanziell nicht wirklich gut. Seine Frauen haben es immer verstanden, bei den Scheidungen zumindest materiell keinen Schaden zu nehmen."

„Möglicherweise ist genau das der Grund, dass er dich hasst. Er ist dir zu Dank verpflichtet. Und obwohl du arbeitslos bist, wie er sagt, hast du die Möglichkeit ihm zu helfen. Damit macht man sich nicht nur Freunde."

Ich spürte sofort, dass ich irgendetwas gesagt hatte, was die mühsam unterdrückte Wut von Sam wieder entfachte.

„Hat er gesagt, ich sei arbeitslos?"

„Beruhige dich. Ich habe gefragt, welchen Beruf du ausübst, nachdem ich mit Hasin über dessen Arbeit als Komponist gesprochen habe und Issam von seinem Geschäft mit den Motorrädern erzählt hat."

„Kannst du dich an den genauen Wortlaut erinnern?"

„Sicher!" Ich gab das kurze Gespräch wortgetreu wieder.

Sam sagte: „Hasin ist dumm. Er merkt gar nicht, wenn ihn jemand missbraucht. Und er war der Köder, den Issam ausgeworfen hat. Letztendlich geht es dabei aber um dich in Bezug auf mich. Ich habe kein Geheimnis daraus gemacht, dass ich sehr an dir interessiert bin. Bevor du kamst, haben wir fast jeden Tag von dir gesprochen. Issam weiß es also. Und jetzt hat er gerade versucht unter Beweis zu stellen, dass du an ihm interessiert bist. Den Vorwand, dir die Stadt zeigen zu wollen, hat er nur benutzt, um dich herumzuzeigen. Sein Auto ist sehr auffällig. Und jeder der es gesehen hat, hat auch dich darin gesehen."

„Das tut mir leid. Das konnte ich nicht ahnen. Was soll ich deiner Meinung nach tun?"

„Es steht dir frei, zu tun was du willst."

„Manchmal bist du nicht sehr hilfreich. Ich meine, wie kann ich meine Loyalität dir gegenüber beweisen?"

„Meide ihn. Alles andere überlass mir."

„Ok" sagte ich nicht eben glücklich. „Bist du sauer auf mich?"

„Nein...du konntest das ja nicht ahnen." Und nach einer kurzen Pause. „Kannst du morgen mit dem letzten Boot nach Male kommen?"

„Sicher."

„Fahr bis zum Flughafen. Ich hole dich dort ab."

„Mach ich. Bis morgen."

Das Gespräch war zu Ende. Der Haufen meiner Fragen war auf etwa das Doppelte angewachsen. Ich fragte mich, warum ich nicht – wie alle Touristen hier – das Meer und den Strand genießen konnte. Aber das wäre vermutlich zu einfach gewesen.

Beim Abendessen verdrängte ich erfolgreich die Gedanken an den Nachmittag, denn Fee berichtete, dass die Anstellung von Kabirs Vater erfolgt sei. Ihr Verehrer hatte es sich nicht nehmen lassen, sie nach dem Tauchgang bei einer Tasse Kaffee darüber zu informieren, dass der alte Herr so lange auf der Insel bleiben könne, wie sein Sohn Kabir.

Danach lästerten wir ein wenig über die anderen Gäste. Es ist immer wieder erstaunlich, wie viele Frauen mit Übergewicht glauben, sich in weiße Shorts zwängen zu müssen und wie viele Männer immer noch Socken zu Sandalen tragen. Dass dies hier eine Barfuß-Insel ist, hatte sich auch noch nicht in allen Köpfen manifestiert.

Das Essen war wie immer phantastisch. Heute gab es neben der landestypischen Kost die gesamte Palette der asiatischen Küche. Indisches Dal und Curry, chinesische Nudeln in verschiedenen Variationen und Siopao, japanische Sushi und Tempura, koreanische Suppe und noch vieles mehr.

Als wir endlich gesättigt auf unseren üblichen Plätzen auf der Terrasse saßen, erzählt Casey ein wenig aus ihrem Berufsleben. Plastische Chirurgie ist ein absolut spannendes Thema. Sie stellte gleich am Anfang klar, dass es sich nicht um Schönheitschirurgie handelt und alternde Stars oder übergewichtige Promis nicht zu ihren Patienten gehören. Hingegen sprach sie von Wiederherstellung nach Unfällen verschiedenster Art und von der Freude, wenn sich Körperglieder wieder bewegen ließen oder ein Gesicht wieder ein Aussehen hatte, dass – wenn schon nicht schön – so doch dem jeweiligen Besitzer oder der Besitzerin ein normales Leben ermöglichte.

Sie fügte noch eine Anekdote über einen Kollegen an, der für eine benötigte großflächige Hauttransplantation allen beschäftigten Krankenschwestern, Pflegern oder Assistentinnen Haut vom Oberschenkel bzw. Gesäß entnahm, indem er sich auf dem Gang aufbaute und rief: „Hosen runter! Keiner kommt hier durch, ohne Haut gespendet zu haben." Die anschließende mehrstündige Operation war erfolgreich, das Gesicht des Patienten wieder ansehnlich. Allerdings habe der Kollege einmal gesagt: Das sei der schlagende Beweis, dass man aus einem Hintern eben doch ein Gesicht machen könne.

Wir lauschten ihren Ausführungen amüsiert bis der Kellner kam und sagte: „letzte Runde" und jeder von uns ein Weinschorle brachte. Dann gingen wir zu unseren Bungalows.

Dass ich morgen beim Abendessen nicht da sein werde, sollte ich meinen beiden Freundinnen beim Frühstück unbedingt sagen.

Auch heute schien die Sonne wieder von einem wolkenlos blauen Himmel. Nach dem gemeinsamen Frühstück mit Casey und Fee, bei dem ich ihnen mitteilte, dass ich eine Verabredung mit Jack Sparrow habe und daher nicht am Abendessen teilnehmen werde, suchte ich mir einen Platz am Strand, von wo aus ich die abfahrenden Tauchboote beobachten konnte. Die Palmen im Hintergrund rauschten leise und ich genoss das „lay back feeling". Allerdings spazierten meine Gedanken in Richtung Male.

Die Verhaltensweisen der einzelnen Personen, die ich bisher kennengelernt hatte, erschienen mir fremdartig. Auf der einen Seite zeigten sie eine Gastfreundschaft, die für viele asiatische Länder so typisch ist. Auf der anderen Seite schienen mir die Werte, für die zu leben es sich lohnt, stark konsumgeprägt zu sein. Jeder schien von jedem zu wissen, wie es um seine finanziellen Verhältnisse stand, und der Prestigegedanke war stets präsent. Wer hatte welches Smartphone, wer fuhr welches Motorrad oder Auto, wobei letzteres ein reines Prestigeobjekt war, wenn man einmal von den Lieferwagen absah. Bei der vorhandenen Verkehrsdichte und den kurzen Entfernungen war der Besitz eines Autos absolut unnötig. Aber es ging auch um Frauen. Wer eroberte welche Frau und zeigte sie dann wie eine Trophäe herum. Junge schöne Frauen aus wohlhabenden Familien standen natürlich ganz oben auf der Wunschliste.

„Neuzugänge" – das waren erwachsene Töchter, die bisher im Ausland studiert hatten oder auch Ausländerinnen aus dem asiatischen Bereich – waren ebenfalls besonders begehrt. Da die Hauptstadt letztendlich eine Insel war und die vorhandenen Ehekandidatinnen nur in begrenzter Anzahl zur Verfügung standen, man zudem auch wusste, unter welchen Kriterien die Frauen und ihre Familien eine eventuelle ernsthafte Werbung akzeptieren würden, zogen „Neuzugänge" die heiratswilligen Männer an, wie das Licht die Motten. Fand sich dann ein passender Kandidat, ließen sich die Frauen gerne hofieren. Auch musste der Mann seine Wertschätzung durch teure Geschenke zum Ausdruck bringen und das oft nur auf das vage Versprechen hin, den Antrag in Erwägung zu ziehen.

Von Hasin hatte ich erfahren, dass eine Scheidung nach muslimischem Recht problemloser verläuft, als eine Scheidung bei uns. Allerdings gab es auch dort eindeutige Regelungen für den Unterhalt der Kinder.

Ein weiterer großer Unterschied zu unserer Gesellschaftsstruktur war die Tatsache, dass die Männer gemeinsam mit Freunden etwas unternahmen, ebenso wie die Frauen mit ihren Freundinnen. Familienleben fand nur hinter der Wohnungstür statt oder – so hatte mir Said erklärt – an Feiertagen, wenn die Eltern mit ihren Kindern zu den entsprechenden Veranstaltungen oder zum Strand oder Spielplatz gingen.

Dass jeder von jedem alles zu wissen schien ließ sich damit erklären, dass auf kleinstem Raum etwa 125.000 Menschen wohnten. Die sogenannte Oberschicht hatte ihren eigenen „Stadtteil", eigentlich nur ein Karee von 4 Straßen und 2 Häuserblocks, und dort wurde sehr eifersüchtig zur Kenntnis genommen, wer was und wie viel besaß. Wie aber stand es um ideelle Werte? Ich hoffte, bis zum Ende meines Urlaubs Antwort auf zumindest einen Teil meiner Fragen zu erhalten.

Der Tag verstrich und für mich wurde es Zeit, mich umzukleiden und zum Anleger zu gehen. Ich rechnete nicht damit, am gleichen Abend noch zur Insel zurück zu kommen, deswegen packte ich ein paar benötigte Dinge in meine große Umhängetasche und wartete auf das Boot.

Mit nur wenigen Minuten Verspätung traf ich am Flughafen ein. Sam saß auf der Terrasse eines Café, stand auf, als er mich sah und geleitete mich zu seinem Tisch.

„Sollen wir hier eine Kleinigkeit essen?" fragte er mich. Ich nickte: „Wie du meinst. Was hast du überhaupt vor?" fragte ich direkt. Er winkte dem Kellner und bestellte Kaffee und noch irgendetwas, das ich nicht verstand. Dann sah er mich mit einem spitzbübisch-verwegenen Grinsen an.

„Ich bringe dich später nach Hulumale" sagte er.

Ich wusste, dass die Nachbarinsel Hulumale hieß und eine Freizeitinsel sowohl für Einheimische als auch für Touristen war. Allerdings war das Baden am Strand nur in der traditionellen Kleidung erlaubt. Aber zum Schwimmen würden wir die Insel sicher nicht aufsuchen.

Der Kellner brachte den Kaffee und Blaubeer-Muffins. Ich erinnerte mich, dass Sam in seinem Account mehrfach seine Vorliebe für Blaubeer-Muffins beschrieben hatte. Ich lachte und sagte: „Dass ich diesen Moment noch erleben darf, damit habe ich gar nicht mehr gerechnet" und deutete auf die Teller.

„Wenn ich mich recht entsinne, hatte ich dir Muffins versprochen, sofern du kommst. Und nicht nur das......"

Ich wusste worauf der anspielte. Er hatte Sticker mit Kussmund gepostet und ich hatte geschrieben, die hätte ich lieber in natura...

Wir tranken Kaffee, beobachteten die ankommenden und abfahrenden Dhonis und warteten auf den Sonnenuntergang, der von hier aus gut zu sehen sein würde. Sam hatte mir mitgeteilt, dass wir uns nach Sonnenuntergang nach Hulumale aufmachen würden.

Endlich verschwand die Sonne im Meer. Wir standen auf um zu gehen, als sich unsere Telefone fast gleichzeitig bemerkbar machten. Ich griff zu meinem Handy, erstaunt, wer mich jetzt und hier anrufen würde. Es war Karim. Bevor ich noch Gelegenheit hatte, mich zu melden sagte er:

„Ist Thaer noch bei dir? Sag ihm, es ist etwas Schlimmes passiert, er muss sofort nach Male kommen."

„Er telefoniert gerade selbst. Wohin soll er denn kommen? Zu dir?"

„Nein zu Ibrahim Ahmed."

„Ok. geht in Ordnung."

Die Leitung war bereits tot. Als ich mich zu Sam umdrehte, sah er mich mit besorgtem Gesicht an.

„Ich habe soeben den Anruf eines Verwandten bekommen, der mir mitteilt, dass ein gemeinsamer Freund vom Hochhaus gestürzt ist. Ich muss leider nach Male zurück."

„Karim hat mich angerufen, ich soll dir ausrichten, du sollst zu Ibrahim Ahmed kommen."

Sam nickte. Er griff wieder zum Telefon, tippte eine Nummer ein und sprach dann sehr schnell in sein Handy. Dann nahm er mich bei der Hand und ging mit mir zu einem abfahrbereiten Dhoni.

„Sobald wir in Male sind, gehst du bitte zur Bank of Ceylon, die ist schräg gegenüber der Anlegestelle. Mahmut, der Bootsmann von vorgestern, wird dich dort abholen und zu deinem Resort bringen. Ich rufe dich an, sobald ich kann."

Wenige Minuten später waren wir wieder in der Hauptstadt. Bevor wir uns trennten sagte Sam: „Glaub mir, ich habe mir den Rest des Abends auch anders vorgestellt. Das kam jetzt absolut unterwartet."

Ich nickte und sah ihm nach. Dann begab ich mich zur Bank of Ceylon. Es dauerte etwa zwanzig Minuten – zwei Zigaretten lang – bis Mahmut auftauchte. Er brachte mich wieder zu dem kleinen Boot und fuhr mit mir in die Nacht. Bevor das Resort in Sicht kam, sagte er: „Es ist wohl am besten, wenn du sagst, du hast das letzte Boot verpasst."

Als wir uns dem Anleger näherten, sah ich die Wachposten da stehen. Mahmut legte an und sprach einige Sätze mit dem Personal. Dann nickte er mir zu. „Bis bald" sagte er und grinste anzüglich.

Der Wächter sah mich leicht missbilligend an. Ich strahlte zurück. „Ich war zu lange im Museum, habe die Zeit völlig aus den Augen verloren" log ich. Sein Gesicht hellte sich auf

„Sie waren im Museum? Ah, das ist gut."

„Ja, und vorher noch an der Freitagsmoschee und am Tsunami-Denkmal und am artificial Beach. Es war so wunderschön."

Jetzt strahlte auch er. „Vielen Dank" sagte er, als sei es sein Eigentum, das ich da gelobt hatte „und einen schönen Abend wünsche ich."

Ich bedankte mich und begab mich zu meinem Bungalow. Was würden meine beiden Freundinnen wohl sagen, wenn ich doch noch – wenn auch verspätet – zum Abendessen erschien?

Mit einem „wo kommst du denn her?" und „wolltest du nicht auswärts essen?" wurde ich empfangen. „Gleich" sagte ich und lief zum Buffet, um mir etwas zum Essen zu holen.

Am Tisch dann erklärte ich: „Die Black Pearl musste dringend zum Reifenwechsel und Jacks Rumflasche war leer, also haben wir den Abend bis auf weiteres verschoben."

Die beiden sahen mich mit ausdruckslosen Gesichtern an. „Ok" sagte ich „ich wollte mit ein paar Freunden Party machen, aber leider ist ein Todesfall dazwischen gekommen." Ich erzählte so viel wie ich wusste und sagte, dass ich vermutlich zu einem späteren Zeitpunkt einen erneuten Versuch starten würde.

Nach der Aufregung des heutigen Tages bestellte ich mir an der Bar ausnahmsweise den Wein ohne Wasser.

Das änderte nichts daran, dass ich später im Bett überlegte, wie man denn von einem Hochhaus „fällt". Entweder man springt oder man wird gesprungen. Mein Fragenberg bekam langsam Hochgebirgsausmaße.

Wir saßen und warteten auf frischen Kaffee. Fee teilte mit, dass sie am Nachmittag einen Ausflug antreten werde. Sie hatte einen Platz auf einem größeren Kabinenschiff gebucht, das zu einem anderen Atoll aufbrach, wo sich erwiesenermaßen mit schöner Regelmäßigkeit Walhaie sehen ließen. Sie werde am Mittwoch wieder zu Frühstück anwesend sein, ließ sie uns wissen. Wir wünschten ihr viel Erfolg und versprachen, die Daumen zu drücken, damit sie ein paar gute Aufnahmen von der von ihr bevorzugten Spezies würde schießen können.

Casey hatte ebenfalls einen Ausflug zu einer Nachbarinsel gebucht, den sie um zehn Uhr antreten würde. Außerdem hatte sie für morgen noch ein ganztägiges Inselhopping geplant. Ich sagte wahrheitsgemäß, dass ich momentan noch keine weiteren Verabredungen getroffen habe.

Auf meinem Strandabschnitt war es heute noch ruhiger als sonst. Weit und breit war kein anderer Feriengast zu sehen. Also war heute Relaxen pur angesagt: Schwimmen, lesen, rauchen, das wunderschöne Panorama genießen und einfach nichts tun. Mein Handy vibrierte. Ich sah Issams Nummer und beschloss, diesen Anruf zu ignorieren. Noch zweimal versuchte er, mich zu erreichen, dann gab er auf.

Am Nachmittag bezog sich der Himmel, und es begann wieder zu regnen. Ich beschloss daher, die Bar zum Kaffeetrinken aufzusuchen.

Im Hintergrund lief irgendeine lokale Sendung im Fernsehen. Plötzlich wurde das Bild eines Hochhauses gezeigt und danach ein unter einer Plane verborgener Körper. Der Moderator sprach dazu in schnellem Dhivehi. Ich winkte einem der Kellner und fragte: „Was sagt der Mann da im Fernsehen?"

„Gestern ist in Male ein Mann von einem Hochhaus gestürzt".

„Das ist mir bekannt. Was sagt der Moderator über die Ursache?"

„Er hatte vielleicht einen Schwindelanfall oder ihm wurde übel. Man weiß es nicht."

„Ist denn das Hochhaus nicht gesichert?"

Er verstand die Frage nicht. Also formulierte ich um. „Ist oben auf dem Hochhaus kein Geländer?"

„Doch, ungefähr so hoch." Er zeigte mit den Händen etwas weniger als Brusthöhe an.

„Wie alt war der Mann?"

„Sie haben gesagte er sei achtunddreißig. Er war Sportlehrer. Viele kannten ihn. Er war sehr beliebt."

„Danke" sagte ich und wandte mich wieder meinem Kaffee zu.

Ich fragte mich, wie man – selbst bei einem Schwindelanfall – über ein so hohes Geländer fallen kann. Mir erschien die ganze Angelegenheit wie Schwindel. „Selbstmord?" fragte ich mich. „Eher nicht" dachte ich. Ich würde Fremdverschulden nicht ausschließen.

Ich wendete mich wieder meinem Kuchen zu und lauschte dem Regen, der gleichmäßig auf das mit Palmschindeln gedeckte Dach niederging.

Meine Gedanken wanderten zu meinen Freunden. Was wusste ich überhaupt von ihnen?

Hasin war Komponist und verheiratet, wenn auch vermutlich nicht mehr lange. Er hatte aus einer anderen Verbindung ein Kind. Er selbst bezeichnete sich als „ärmstes Mitglied der Gang". Darüber hinaus litt er an einer degenerativen Erkrankung, die er aber – aus welchen Gründen auch immer – nicht optimal behandeln lassen wollte. Sam war für ihn Vorbild und der Dorn im Fleisch zugleich, wie mir schien. Was Hasin nur mit großer Anstrengung erreichte, nämlich Erfolg, Wohlstand, Sympathie, Bewunderung fiel Sam mühelos zu. Zumindest musste es für Hasin so aussehen. Er bezeichnete Sam als besten Freund und Lebensretter, spendete aber bereitwillig Beifall, wenn ein anderer Sam herabsetzte. Das war meines Erachtens ein deutliches Anzeichen für Neid und nagende Eifersucht.

Said war ein namhafter Musiker und hatte schon etliche CDs herausgebracht, die nicht nur in seiner Heimat gespielt wurden. Er hatte ebenfalls Familie, von der er recht begeistert sprach, war schon des Öfteren im Ausland gewesen. Er war intelligent und offensichtlich nicht unvermögend. Seine Vita schien mir die Unspektakulärste zu sein.

Karim besaß ein paar Lokale und war mit zwei Frauen verheiratet. Die jüngere von beiden war Saids Schwester. Ob er Kinder hatte, wusste ich nicht. Er hatte in seiner Jugend für den staatlichen Sicherheitsdienst gearbeitet, bevor er in die Gastronomie eingestiegen war. Soweit ich das beurteilen konnte, liefen die Lokale recht gut, zumal eines davon einen Lieferservice anbot. Karim sah zwar ein wenig grimmig aus, war aber ein ausgesprochen herzlicher Mensch, der zudem viel Humor besaß.

Issam war zum dritten Mal mit einer sehr viel jüngeren Frau verheiratet. Nur aus der ersten Ehe stammte ein Kind. Er hatte in jüngeren Jahren beim Militär gedient, wenn man seinem Reden Glauben schenken durfte, sogar einen höheren Rang bekleidet. Während des Putsches war er unrühmlich durch das Töten von Zivilisten aufgefallen, jedoch sehr schnell wieder frei gekommen und hatte offenbar auch seine alte Position wieder erlangt. Dann war Anfang des neuen Jahrtausends wieder etwas geschehen, was ihn für einige Zeit ins Gefängnis brachte. Hier hatte er Sam kennen gelernt, der – warum auch immer- in der Lage war, ihn vor Übergriffen der anderen Häftlinge zu schützen. Danach hatte er seinen Motorradhandel begonnen...hier fehlten mir noch einige wichtige Fakten, das spürte ich.

Und Thaer? Er war geschieden, das hatte er mir erzählt. Welchen Beruf hatte er ausgeübt und was tat er derzeit? Hatte er Kinder und falls ja, wo waren diese? Und weswegen hatte er im Gefängnis gesessen?

Wem konnte ich glauben, was konnte ich glauben? Und wer stand zu wem in welcher Beziehung?

Ich beschloss, Thaer zu vertrauen, sonst erst einmal niemandem. Aber ich brauchte Antworten. Und beim nächsten Treffen würde ich darauf bestehen. Viel Zeit blieb mir nicht mehr. In zwei Tagen ging mein Flieger nach Hause.

Bevor ich mich noch für das Abendessen umgezogen hatte, ertönte „Amazing grace" aus meinem Telefon. Es war Said.

„Wir sitzen hier gerade zusammen" sagte er, „und wir haben uns überlegt, dass es für dich doch bestimmt lustiger wäre, den letzten Abend mit uns zu verbringen. Wenn du damit einverstanden bist, dann komm doch morgen im Laufe des Tages nach Male. Wir bringen dich hier unter und verbringen den Abend zusammen. Du kannst dann übermorgen von Male aus mit dem Boot direkt zum Flughafen fahren."

Ich überlegte nicht lange. „Gute Idee" sagte ich. „Ich rufe an, wenn ich weiß, welches Boot ich nehme. Ist das ok?"

„Sicher" lachte Said. „Genieße deinen letzten Abend auf der Insel." Er legte auf.

Auf dem Weg zum Restaurant sagte ich an der Rezeption, dass ich schon am nächsten Tag abreisen würde, und das eröffnete ich auch Casey beim Abendessen. Sie war ein wenig traurig, dass sie mich nicht würde verabschieden können und sagte, Fee gehe es sicher ebenso. Ich versprach, den Kontakt zu beiden nicht abreißen zu lassen, und vielleicht würden wir ja noch einmal ein gemeinsames Urlaubsziel finden....

Unsere abendliche Tradition – heute in verminderter Anzahl – behielten wir dennoch bei. Allerdings war unsere Laune nicht ganz so ausgelassen wie sonst. Erstens, weil Fee fehlte, und zum anderen machte sich schon Abschiedsstimmung breit. Wie immer verabredeten wir uns zum Frühstück, dann suchten wir unsere Bungalows auf.

Beim Frühstück stand Kabir wieder an der Theke und briet Eier. Er lächelte, als er uns sah und fragte nach Fee. Wir sagten ihm, dass sie am Mittwoch wieder da sein würde. Ich verabschiedete mich von ihm und wünschte ihm und seinem Vater alles Gute. Mit vollen Tellern kehrten wir zu unserem Tisch zurück.

Casey fragte: „Warst du schon einmal in Kanada?" Ich verneinte. „Hat auch jede Menge schöner Flecken" lachte sie „nur so als Denkanstoß für künftige Urlaubsplanungen."

„Danke, werde ich mir merken. Was kennst du denn von Deutschland?"

„Das Kongresszentrum von Berlin und das Olympiagelände in München."

„Auch Deutschland hat noch mehr zu bieten, nur so als Denkanstoß."

Wir lachten beide. Dann beendeten wir schweigend unser Frühstück. Es folgte danach ein herzlicher Abschied, bevor Casey zu ihrem Inselhopping aufbrach und ich in meinem Bungalow meine Sachen zusammenpackte.

Ich nahm das Nachmittags-Dhoni nach Male, nachdem ich Said angerufen und um Abholung gebeten hatte. Er versprach wegen des Gepäcks mit einem Taxi zum Hafen zu kommen.

Tatsächlich musste ich nur wenige Minuten warten, bevor ein Wagen vor mir hielt, dem nicht nur Said sondern auch Sam entstieg. Sie verluden meine Koffer und mich, und schon zwei Straßen weiter hatten wir das Hotel, in dem ich untergebracht werden sollte, erreicht. Es war ein Hochhaus ganz in der Nähe des Hafens. Ein Zimmer im sechsten Stockwerk war reserviert und Sam und Said vergewisserten sich, dass alles zu meiner Zufriedenheit geregelt war. Das Zimmer trug den Titel „Hochzeitssuite", was nicht nur mich belustigte. Es verfügte über ein Doppelbett, selbstverständlich auch über eine Klimaanlage, ein schickes weiß gefliestes Badezimmer und neben den üblichen Einrichtungsgegenständen auch über einen Wasserkocher für Kaffee oder Tee. Vor dem Fenster erstreckte sich ein schmaler aber langer Balkon, der einen wunderschönen Blick auf den Hafen ermöglichte.

Es klopfte und Karim stand vor der Tür.

„Dachte ich es mir doch, dass ihr hier seid" sagte er und grinste breit. „Habt ihr mit Isa schon über unser Abendprogramm gesprochen?"

Said schüttelte den Kopf. „Wir wollten dir das Vergnügen überlassen" antwortete er.

Karim baute sich in seiner ganzen Länge vor mir auf. „Zuerst gehen wir Kaffee trinken. Dann fahren wir zu einem Hotel auf einer anderen Insel, wo wir zu Abend essen und danach noch ein wenig Abschied feiern. Dann bringen wir dich zurück, du kannst dich noch ein wenig ausruhen und bist dann rechtzeitig am Flughafen. Die Dhonis fahren im 15-Minuten-Rhythmus. Na, was sagst du?"

„Großartige Idee. Ich habe nur eine Bitte. Ich brauche ein paar Minuten, um mich dem Anlass entsprechend umzukleiden. Jeans sind wohl nicht das richtige Outfit."

Allgemeines Nicken. „Wir warten im Foyer" sagte Said, dann schloss sich die Tür hinter den Dreien.

Schnell wechselte ich meine Garderobe, überprüfte Make-up und Frisur und sprühte noch etwas Parfüm nach. Eskortiert von den im Foyer wartenden Freunden ging es wenige Schritte weiter zu einem Restaurant, das über eine luftige Terrasse verfügte, auf der man gemütlich sitzen und Kaffee trinken konnte.

In die allgemeine Runde fragte ich: „Wo sind denn Issam und Hasin?"

Die drei blickten sich an, dann sagte Karim: „Die kommen nicht."

Said milderte die brüske Antwort ein wenig ab, indem er hinzufügte: „Sie sind leider verhindert, lassen dich aber herzlich grüßen."

Ich nickte und warf unter geschlossenen Lidern einen Blick auf Sam, der schweigend und mit ausdruckslosem Gesicht auf seinem Stuhl saß.

Said fragte, wie mir der Aufenthalt gefallen habe, und ich sagte wahrheitsgemäß, dass dies wohl einer der interessantesten Urlaube aller Zeiten gewesen sei.

„Zudem habe ich dank deiner Prospekte einiges über die Geschichte des Landes gelernt."

„Nun, auch die Gegenwart ist nicht uninteressant. Wir haben eines der höchsten Pro-Kopf-Einkommen in ganz Asien. Außerdem haben weit mehr als 90 % unserer Bürger einen Schulabschluss, viele davon sogar einen Hochschulabschluss. Allerdings zählen die Malediven auch zu den teuersten Ländern Asiens, was die Lebenshaltungskosten betrifft. Das liegt daran, dass wir alles importieren müssen. Nur wenige landwirtschaftliche Produkte wachsen auf unseren Inseln. Außerdem ist in der Hauptstadt der Wohnraum sehr teuer, was durch die Platznot begründet ist. Auf der anderen Seite kann sich hier fast jeder einen Urlaub in Sri Lanka oder Malaysia leisten. Auch Indien wird von vielen meiner Landsleute gerne aufgesucht. Nicht wenige haben in Sri Lanka oder Indien einen Zweiwohnsitz. Die Freizügigkeit beim Reisen wird allerdings eingeschränkt, wenn es um europäische Länder geht. Wir benötigen z.B. für Deutschland ein Visum. Da hier aber keine konsularische Vertretung existiert, müssen wir nach Colombo auf Sri Lanka, um ein Visum zu beantragen. Das dauert meist einige Tage. Dies ist wohl einer der Gründe, weswegen nicht oft Bürger der Malediven dein Land besuchen." Er lachte auf. „Umgekehrt ist es natürlich anders. Wir erteilen ein 30-Tage-Visum bei Einreise. Jährlich kommen mehrere

Hunderttausend Touristen zu uns, sehr viele davon aus Europa. Wir freuen uns, dass auch du die lange und teure Reise auf dich genommen hast."

Er verbeugte sich leicht und die beiden anderen klatschten dazu in die Hände. Ich dankte mit einem Nicken.

„Gibt es denn keine Probleme durch die Menge der Touristen, die ja einem anderen Kulturkreis entstammen und mehrheitlich eine andere Religion haben?"

„Nein, was Kultur und Religion angeht. Die Touristeninseln sind für die Einheimischen tabu. Lediglich die Arbeiter und Angestellten dürfen die Inseln betreten, und da achtet man darauf, dass der Kontakt nicht enger als notwendig ist. Außerdem gibt es auf den Touristeninseln Alkohol, der uns Muslimen verboten ist. Um niemanden in Versuchung zu führen, ist das Betreten der Touristeninseln meinen Landsleuten nicht gestattet."

„Wo strikte Verbote herrschen, gibt es meistens Wege, diese zu umgehen. Ich erinnere nur an die Zeit der Prohibition in den USA."

Said nickte und grinste Sam an.

„Zu diesem Thema kann dir Thaer bei Gelegenheit mehr sagen. Und noch etwas möchte ich hinzufügen. So rücksichtsvoll wie du es in punkte Kleidung warst und bist, sind nur wenige Besucher der Hauptstadt. Deshalb wird vom Besuch des Stadtzentrums gewarnt. In Wirklichkeit ist es längst nicht so gefährlich, wie es dargestellt wird. Aber aus Sicherheitsgründen, so heißt es, werden die ausländischen Besucher der Hauptstadt meistens von Touristen-Guides zur Shoppingmeile gebracht und anschließend zu einem Restaurant, bevor sie wieder zurück zu ihrer Insel fahren oder fliegen. Die Freizügigkeit in punkto Kleidung könnte Gefühle verletzen und Begehrlichkeiten wecken, und beides wäre nicht von Vorteil."

Er nahm einen Schluck von seinem mittlerweile kalten Kaffee, bevor er weiter sprach.

„Schließlich und endlich hat die derzeitige Regierung einen großen Schritt nach vorne in Sachen Naturschutz, Umweltschutz und Nachhaltigkeit gemacht. Auf der einen Seite, weil die grandiose Natur, speziell unter Wasser, als in hohem Maße schützenswert anzusehen ist, zum anderen, weil es eine Existenzfrage für die Malediven ist. Es werden größte Anstrengungen unternommen, die Korallengärten wieder aufzuforsten, die Unterwasserwelt nicht in verderblicher Form zu stören und die Strände zu erhalten. Deshalb das Verbot, Muscheln, Korallensplitter oder auch nur Sand als Souvenir mitzunehmen."

Ich nickte und bedankte mich herzlich für diese Zusammenfassung. Said griff in seine Tasche und überreichte mir ein Buch. „Das vermittelt ausführlich Kenntnisse über das Leben auf den Malediven, an Land und unter Wasser" sagte er. „Du kannst alles in Ruhe zu Hause nachlesen."

Ich war gerührt, Meine Begleiter bemerkten das und orderten mehr Kaffee und Karim sagte: „Vielleicht besuche ich dich eines Tages. Ich habe zwar schon zwei Frauen, aber als Muslim darf ich bis zu vier Frauen haben. Du wirst dann meine dritte Frau."

Wir lachten. Karim fuhr fort: „Ich knie dann vor dir nieder, mit einer Rose im Mund, und singe dir ein Liebeslied. Dann kannst du meinem Charme nicht widerstehen."

„Wie gut du singen kannst, kannst du später unter Beweis stellen" lachte Said, und zu mir gewandt: „Keine Angst, solange ich da bin, bist du vor ihm sicher."

Als das allgemeine Gelächter verebbt war, brachen wir auf.

Die Fahrt mit dem Boot dauerte nicht lange. Direkt am Anlegesteg befand sich ein großes, sehr exklusives Restaurant mit einer Terrasse, die - ähnlich wie in meinem Resort – ins Meer hinein gebaut war. Allerdings hatte diese Terrasse einen steinernen Boden, mit Mosaiken durchsetzt, geschliffen und hochglänzend. Auch die Stühle und Tische waren aus hochwertigen Materialien.

Thaer schlug vor, schon jetzt im Inneren Plätze für später zu reservieren. Er fügte noch an: „Wir Raucher können dann noch bis zum Essen auf der Terrasse bleiben." Er hatte den Platz neben mir gewählt, und obwohl er halb von mir abgewandt saß, berühren sich unsere Knie immer wieder.

Said, der sich um die Reservierung gekümmert hatte, kam mit einem Kellner zurück, der verschiedene Cocktails auf einem Tablett vor sich her trug. „Alles alkoholfrei" sagte Said und ließ ein hohes Glas mit einer gelblich-weißen Flüssigkeit, auf dessen Rand ein Stück Ananas und ein Papierschirm befestigt waren, vor mich hinstellen. „Pina Colada ohne Alkohol" sagte Thaer, als der Kellner vor ihn das gleiche Getränk hinstellte. Said hatte irgendetwas mit Mangosaft und Karim mit Limette bestellt. Wir prosteten uns zu.

„Wie war das eben zu verstehen, dass du mir mehr über das Alkoholverbot erzählen kannst?" fragte ich Thaer.

„Nun", sagte er „es gibt außerhalb der 3-Meilen-Zone sogenannte Partyboote, die aus dem Ausland mit Alkohol und anderen verbotenen Dingen versorgt werden. Außerdem gehen schon einmal Alkohollieferungen, die für die Touristeninseln bestimmt sind, verloren bzw. kommen unvollständig an. Was ich damit sagen will ist: wer hier gegen die Muslimischen Gebote verstoßen will und die richtigen Leute kennt, hat alle Möglichkeiten."

„Natürlich darf man sich dabei nicht erwischen lassen, da die Strafen für Schmuggel und Konsum recht hoch sein können" fügte Said an.

Das Geräusch einer eingehenden Nachricht auf meinem Telefon unterbrach uns. Es war wieder

Issam. „Ich habe nie Drogen genommen" stand
dort. Verwirrt sah ich auf das Display. Was sollte
diese Nachricht? Thaer hatte mich beobachtet und
ich hielt das Handy so, dass er die Nachricht lesen
konnte. Seine Züge veränderten sich. Ich las darin
eine ungeheure Wut. Ich schaltete das Telefon
aus, sah ihn an und schüttelte leicht mit dem Kopf.
Mühsam beherrscht sprach er ein paar Sätze mit
Said und Karim. Said nickte unmerklich und fuhr
dann zu mir gewandt fort. „Wir haben hier auch
„Champagner". Die Flaschen sehen aus, wie die
Originalflaschen, allerdings ist der Inhalt aus Ap-
felsaft mit Kohlensäure hergestellt."

„Ich finde den alkoholfreien Cocktail ausgesprochen lecker" sagte ich.

Karim stand auf. „Ich kümmere mich mal um unser
Abendessen" sagte er. „Ich kenne den Koch sehr
gut, wir saßen zusammen im Gefängnis. Er hatte
einen Gast verprügelt, der ihn grob beleidigt hatte."

„Jetzt musst du auch erzählen, weshalb du im Gefängnis warst", sagte Said. „Die Geschichte ist film-
reif."

Karim ließ sich noch ein wenig bitten, dann sagte
er: „Also gut. Ich war damals Anfang der Zwanzig
und Trainer für Securities. Hatte also noch mehr,
viel mehr Muskeln als heute. Eines Tages sah ich
in einer kleinen Gasse, wie ein Mann sich an einem am Boden liegenden kleinen Mädchen
verging. Ich schrie so laut ich konnte und rannte zu
der Stelle, an der das Kind lag. Es blutete. Einige

Leute, die mein Schreien gehört hatten, liefen zu mir und dem Mädchen. Zwei Frauen hoben es auf, um es zum Hospital zu bringen. Ich fragte, ob jemand wisse, wer der Kinderschänder gewesen sei, der sich bei meinem Schreien eilig entfernt hatte. Ich beschrieb ihn, so gut ich konnte.

Eine ältere Frau sagte mir, sie wisse, wie der Mann heißt und wo er wohnt. Du kannst dir nicht vorstellen, wie wütend ich war. Ich dachte, ich würde jeden Moment explodieren. Im Dauerlauf rannte ich zu der angegebenen Adresse und schlug und trat gegen die Tür, die von innen irgendwie verbarrikadiert war, da sie meinen Tritten nicht nachgab. Drohungen ausstoßend lief im um die kleine Hütte herum, konnte aber keinen weiteren Eingang finden. Also sprang ich auf eine nahe gelegene Mauer und von dort aufs Dach und zerlegte die Hütte Stück für Stück, bis ich den Alten zu fassen bekam. Mit meinen Fäusten trieb ich ihn durch die Stadt, bis er schließlich zusammenbrach und die Polizei mich festnahm. Ich musste sechs Monate absitzen, wurde im Gefängnis aber wie ein Held gefeiert. So, nun kennst du die Geschichte, und jetzt kümmere ich mich um unser Essen."

Auch Said stand auf. „Ich muss mich um das Programm kümmern" lachte er und kniff ein Auge zu. „Frag mich nicht, sonst ist es keine Überraschung mehr."

Ich sah zu Thaer. „Gibt es hier jemanden, der noch nicht in Haft war?"

„Ja, Said" antwortete er. „Hasin war wegen Drogenbesitz ebenfalls im Gefängnis."

„Und du? Was war dein Vergehen?"

„Nun, das hat Issam ja durch seine Nachricht anzudeuten versucht. Aber diese Aktion wird ihm noch leidtun.....Er sollte den Mund nicht so voll nehmen, schließlich war er wegen Trunkenheit und Vergewaltigung inhaftiert.

Was er dir damit sagen will ist, dass man mich beschuldigt hat, der Kopf einer der größten Drogen-Schmugglerbanden hier zu sein, obwohl man mir nichts beweisen konnte. Ich war zu jener Zeit im Gefängnis, als der Ausbruchsversuch und seine blutige Niederschlagung stattfanden. Wir haben bereits darüber gesprochen, erinnerst du dich? Du kannst das alles übrigens im Netz nachlesen."

„Sicher. Ich habe bereits ein wenig recherchiert und bin auf den Bericht einer namhaften Menschenrechtsorganisation gestoßen, der die Zustände in dem hiesigen Gefängnis zu jener Zeit en détail beschreibt: Isolation, Folter, Erniedrigungen....schon das Lesen des Berichts war kaum zu ertragen."

„Ich könnte noch eine Reihe von Einzelheiten hinzufügen. Ich habe das alles durchlebt, da sie von mir die Namen der anderen Beteiligten hören wollten. Aber ich habe geschwiegen, und in den Augen der anderen Gefangenen und der meisten Menschen hier bin ich ein Held. Du hast mich einmal gefragt, ob ich berühmt bin, und ich sagte dir, das bin ich nicht, dafür bin ich berüchtigt. Jetzt weißt du, warum."

„Wolltest du sie nicht verraten oder kanntest du sie wirklich nicht?"

Seine Antwort war ein Lächeln. „Nach gut zwei Jahren war ich wieder frei. Man hat sich sogar entschuldigt, denn letztendlich gab es keinen Beweis für meine Schuld, und heute lache ich darüber."

An diesem letzten Satz hatte ich so meine Zweifel. Die Gedanken in meinem Kopf rasten. Das also erklärte den Ausdruck seiner Augen. Die Frage, ob er im Nachgang psychologische Betreuung erhalten hatte, konnte ich mir schenken. Die Antwort kannte ich. Aber das, was er erlebt und gesehen hatte, würde er nie wieder aus seiner Erinnerung verbannen können.

Er fuhr fort: „Später war ich noch einmal inhaftiert. Ich hatte wohl eine regierungskritische Anmerkung zu viel gemacht. Das zweite Mal war allerdings fast ein Urlaub. Durch die Reform, die nach 2004 in Kraft trat, war die Behandlung ok. Außerdem war ich nur wenige Monate in Haft." Thaer richtete seinen Blick voll auf mich. „Und, bist du jetzt geschockt?"

„Ja! Aber nicht wegen deiner Vergehen sondern wegen dem, was du durchleben musstest."

Er machte eine wegwerfende Handbewegung. „Lass uns von etwas anderem sprechen, schau, da kommen Said und Karim zurück.

Karim strahlte mich an und reichte mir ein Blatt Papier und einen Kuli. „Kannst du mir einen Gefallen tun?" fragte er.

„Nein, ich unterschreibe keinen Ehevertrag" sagte ich. Großes Gelächter.

„Kannst du mir das Rezept für ein typisch deutsches Essen aufschreiben. Allerdings darf kein Schweinefleisch darin verarbeitet werden."

„Klar. Reibepfannkuchen aus Kartoffeln. Man kann sie mit Kompott, Zucker, Käse oder geräuchertem Fisch servieren. Das hängt vom persönlichen Geschmack ab. Und sie werden in Öl gebraten, wäre das etwas für dich?"

Karim nickte und ich schrieb.

„Lass mich wissen, wie es bei deinen Gästen ankommt" sagte ich und reichte ihm Papier und Stift zurück.

„Worauf du dich verlassen kannst."

Zum Essen gingen wir ins Innere. Es gab eine Vielzahl von delikaten Gerichten, die Karim jeweils erklärte. Wir tafelten ohne Eile, und als die Teller abgetragen wurden, war es bereits Mitternacht.

„Jetzt kommt die Überraschung" sage Karim mit einem verschmitzten Lächeln.

Das Licht wurde heruntergedimmt, eine Zwischenwand von ein paar Kellnern beiseite gezogen. Dahinter kamen eine Bühne und eine Tanzfläche zum Vorschein. Said verließ den Tisch und begab sich auf die Bühne Ihm taten es einige Männer nach, die unter Beifall nacheinander ihre Plätze an der Bass-Gitarre, den Drums, dem Klavier einnahmen. Said griff zur E-Gitarre und begann zu singen. Er sang sowohl Lieder in Dhivehi, die vermutlich Hasin für ihn geschrieben hatte, als auch Coverversionen von populären internationalen Songs. Nach jeder Darbietung gab es ausgedehnten Beifall.

Als Said und die Band eine Pause machten, ging ich auf die Terrasse, um eine Zigarette zu rauchen. Sofort waren Thaer und Karim an meiner Seite. Wir blieben in der mondhellen Nacht, bis die Musik wieder einsetzte. Ich sah den Tanzenden zu. Sie tanzten alle einzeln. Ein paar Frauen, die mit ihren Männern oder Brüdern gekommen waren, tanzten rhythmisch zur Musik in bodenlangen, hochgeschlossenen Kleidern. Nur eine junge Frau trug Jeans.

Nach der zweiten Pause begann das Karaoke-Spektakel. Jetzt sprang Karim auf die Bühne und sang einen Bruce-Springsteen-Song, und obwohl er nicht jeden Ton traf, machte er seine Sache doch recht gut. Entsprechend war der Beifall.

Auch Thaer trat auf, mit einem alten Lobo-Song, den er sicher nicht zum ersten Mal sang. Auch hier war wieder viel Beifall zu hören.

Und dann kam, was ich befürchtet hatte. Said bat mich auf die Bühne, und als ich zögerte, skandierten die verbliebenen Gäste meinen Namen. Ich ging zu Said und fragte ihn: „Kennst du Bobby McGee?" Er nickte. Und ich begann die Version von Kris Kristofferson zu singen. Heilfroh war ich, dass ich heute ausnahmsweise keine Jeans und eine weite Bluse sondern ein enges Langärmelshirt zu einem schwarzen engen Rock trug. Bei meiner Stimmlage und mit den kurzen Haaren hätten mich sonst einige der Anwesenden für einen Mann in Frauenkleidern halten können, und das wäre sicher nicht komplikationslos verlaufen.

Der Beifall war unglaublich. Sie trampelten sogar mit den Füßen. Said grinste: „Du musst wohl noch einmal ran!"

„Ok., aber nur mit dir zusammen. Kennst du „Perhaps Love" von Domingo und Denver?"

„Ich hole es mir schnell auf mein IPhone".

Er hörte es sich an, holte sich den Text auf sein Handy und sagte: „Wir können!"

Ich übernahm den Domingo-Part und wir legten los. Während des gesamten Liedes hatte ich meine Augen auf Thaer gerichtet und er erwiderte meinen Blick.

Nachdem der Beifall verklungen war, und andere Gäste zur Bühne liefen, ging ich auf die Terrasse. Wow, was für ein Abend! Thaer gesellte sich zu mir und kurz darauf auch Karim und Said, der jetzt nicht mehr auftreten musste, da der musikalische Part von einer Karaoke-Maschine übernommen wurde.

Da man auf der Terrasse die musikalischen Darbietungen ebenfalls verfolgen konnte, beschlossen wir, draußen zu bleiben. Said berichtete, dass es sein Traum sei, ein Künstlerdorf auf einer der Inseln zu errichten, ein Dorf wo Künstler ihre Werke schaffen könnten und junge kunstinteressierte Menschen eine entsprechende Ausbildung erhalten würden. Er wandte sich an Thaer. „Und dich würde ich wieder als Lehrer einstellen" sagte er.

Thaer lächelte ein trauriges Lächeln. Dann sagte er zu mir. „Ich hatte vorhin vergessen zu erwähnen, dass ich nach dem Aufenthalt im Gefängnis Berufsverbot erhielt. Ich habe vorher Kunstgeschichte und Englische Literatur unterrichtet."

Said spann den Gedanken weiter. „Karim sorgt für die Gastronomie, Naidaa, meine Frau, gibt Malkurse und ich unterrichte Musik."

„Und wie willst du das finanzieren?" fragte Thaer.

„Ihr müsst die Insel und die Kunstschule so gestalten, dass auch ausländische Gäste an dem Programm teilnehmen können, damit bekommt ihr die monetäre Basis" sagte ich.

„Gute Idee", sagte Said „du bist für die PR zuständig." So blödelten wir noch eine ganze Weile.

Ich stand auf und ging ein paar Schritte auf den Anleger hinaus. Das Meer war ruhig, der Mond gut sichtbar, nur hin und wieder trieben ein paar Wolkenfetzen vorbei. Die Sterne hatten die Größe von Kuchentellern, so schien es mir. Ich setzte mich auf den Rand des Anlegesteges und ließ die Beine baumeln. Thaer setzte sich neben mich.

„Was ist mir dir?" fragt er.

„Große Bewunderung für die Schönheit der Natur, ein wenig Wehmut, wenn ich an den Abschied denke und ganz viele offene Fragen, die ich mir nicht selbst beantworten kann."

„Ja", sagte er. „Die Schönheit der Schöpfung ist beeindruckend, auch für mich, obwohl ich diesen Anblick fast ständig vor Augen habe. Was den Abschied betrifft, der muss ja nicht für immer sein, wenn es der Wille des Allmächtigen ist, sehen wir uns wieder. Und was deine Fragen betrifft, es gibt Skype....."

„Eine Frage habe ich jetzt noch: Da du Berufsverbot hast, wovon lebst du?"

Über Sams Gesicht huschte ein Lächeln. „Ich sage dir jetzt etwas, was sonst niemand weiß. Ich teste und entwickle Sicherheits-Software für große internationale Konzerne. Deswegen bin ich nachts wach.....ich arbeite in dieser Zeit. Und mit diesem Verdienst kann ich ausgezeichnet leben und mehr als das."

Ich bemerkte, dass Said sich uns näherte und fragte: „Hat sich dein Verhältnis zu Hasin geändert?"

„Nein, ich bin zwar ärgerlich auf ihn, aber er bleibt mein Freund. Mein Glaube verbietet mir zu richten, das ist Sache des Allmächtigen. Und zu verzeihen, bringt uns dem Himmel näher."

„Ich habe uns neue Drinks besorgt" sagte Said. „Lasst uns zurück an den Tisch gehen."

Karim machte ein beleidigtes Gesicht. „Ich wette, sie wollten dir ausreden, meine dritte Frau zu werden" sagte er. „Das finde ich nicht fair."

„Mit Rücksicht auf eure Jugend mache ich euch einen anderen Vorschlag. Ich adoptiere euch."

Im Saal war es mittlerweile still geworden. Thaer, Said und Karim standen auf. „Bleib hier sitzen, wir kommen bald wieder", sagten die drei und verschwanden. Ich wusste, es war Zeit für das Morgengebet.

Als sie wieder die Terrasse betraten, hatten sie Kaffee mitgebracht, den wir alle gebrauchen konnten, denn langsam spürte auch ich die Müdigkeit in mir aufsteigen. Kaum hatte die Sonne sich über den Horizont erhoben, kam das Boot, das uns zurück nach Male brachte. Bevor wir einstiegen, steckte Thaer seine Zigaretten von den anderen unbemerkt in meine Tasche.

Der Fahrtwind blies meine Müdigkeit weg, und als wir vor dem Hotel standen, war ich wieder munter.

„Leg dich ein paar Stunden hin und schlafe", sagte Said. Gegen Mittag kommt jemand, der dich und das Gepäck zum Flughafen bringt. Du kannst ihm vertrauen. Er ist ein guter Freund von uns."

Und dann begann der Abschied. Herzliches Bedanken, umarmen, das Versprechen wieder zu kommen und die Einladung an die Freunde, mich in Deutschland zu besuchen. Am Eingang des Hotels stand ein Bediensteter, der uns aufmerksam beobachtete. Ich lief die Stufen zur Hotelhalle empor, drehte mich oben noch einmal um und winkte, verteilte Luftküsschen und lief zum Fahrstuhl.

Kaum war ich in meinem Zimmer angelangt, klopfte es. Thaer stand vor der Tür und sagte: „Ich wollte mich richtig von dir verabschieden. Die anderen warten unten. Ich habe gesagt, dass ich meine Zigaretten vergessen habe..."

Er sah mich lange an, dann sagte er mit heiserer Stimme: „Umarme mich". Ich tat ihm den Gefallen nur zu gern. Er löste sich von mir und ging auf den Gang hinaus, Ich sah ihm nach. Er drehte sich um, kam zurück und sagte: „Ich hatte dir noch etwas versprochen...." und er küsste mich, ungestüm, verlangend. Dann drehte er sich um, lief zum Fahrstuhl und ich schloss die Tür.

Epilog

Ich sitze mit Dita auf meiner Couch. Vor uns steht eine geöffnete Flasche Rotwein. Zwei Gläser und ein Teller mit kleinen Leckereien stehen auf dem Tisch. Es ist der erste Tag seit meiner Rückkehr vor 9 Tagen, an dem wir beide Zeit haben. Der Abend gehört uns. Rovan – so sagte mir Dita – schreibt an einem neuen Stück und hat sich - kurz nach ihrer Rückkehr aus Florida - für diese Arbeit wieder in seine Wohnung in den Niederlanden begeben.

In Stichworten habe ich ihr meine Geschichte erzählt – und jetzt stellt sie mir laufend Fragen, die ich nur zum Teil beantworten kann.

Beim Rückflug hatte ich wieder zwei Stunden Aufenthalt in Dubai. Während dieser Zeit hat mich Sam angerufen und gefragt, ob bisher alles in Ordnung sei. „Ich vermisse dich schon jetzt" hatte er noch hinzugefügt.

Als ich zehn Stunden später in meiner Wohnung ankam, rief ich ihn an und sagte, ich sei wohlbehalten zu Hause. Er schien darüber sehr froh zu sein.

Eindeutig glücklich über meine Rückkehr war auch Tom, mein Kater. Nicht, dass er in meiner Abwesenheit nicht gut versorgt worden wäre, aber er liebte es, auf meinem Bauch zu liegen. Und so tat ich ihm den Gefallen, nachdem ich die Koffer ins Schlafzimmer gestellt und mir einen Kaffee gekocht hatte.

Dann begann der Alltag wieder: Mails beantworten, Post durchsehen, Rechnungen bezahlen, Wäsche waschen, einkaufen.....Zwei neue Übersetzungsaufträge waren auch eingegangen. Vieles erledigte ich automatisch, mein Kopf war noch nicht wieder zu Hause. Das übliche Problem der schnellen Reisemöglichkeiten, der Körper kommt häufig vor dem Kopf an.....

Und dann waren da die Gedanken an Thaer. Er war und blieb ein Buch mit sieben Siegeln. Sehr präsent und doch nicht zu fassen. Eine moderne Version von Dr Jakyll und Mr. Hyde? Auf der einen Seite liebenswert, freundlich, hilfsbereit, charmant, sexy, ja auch das war er....und dann war da noch die dunkle Seite. Wie dunkel war sie?

Das alles habe ich Dita bereits erzählt.

„Wie kommst du damit klar?" fragt sie. „Ich meine emotional?"

„Du meinst ob ich aufgrund dieser möglichen amoralischen Seite Entsetzen verspüre? Nein; eigentlich nicht. Und das wundert mich am meisten."

„Und wie geht es jetzt weiter?"

„Auch das kann ich dir nicht sagen. Wir skypen fast jeden Tag, bekräftigen, dass wir uns gegenseitig vermissen......"

„Willst du noch einmal auf die Malediven reisen?"

„Nein, ich denke nicht....du weißt ja, „Alles fließt, du steigst nicht zweimal in denselben Fluss"."

„Weißt du was, deinen nächsten Urlaub verbringst du wieder mit mir, das ist sicherer."

„Haha...beim Urlaub mit dir in Paris hat doch alles angefangen."

„Wie ernst ist es ihm damit, dich besuchen zu wollen?"

„Ich weiß es nicht."

„Du siehst nicht unglücklich aus, was mich wirklich freut. Hast du denn keine Sehnsucht?"

„Doch, natürlich. Die Telefonate sind derzeit noch ein guter Trost und natürlich das Gefühl, geliebt zu werden. Dabei spielt es keine Rolle, ob es wirklich so ist, oder ob es sich um eine Illusion handelt."

„Ich glaube, ich weiß was du meinst. Und soll ich dir noch etwas sagen? Die Tatsache, dass eure Begegnung völlig anders verlaufen ist, als du dir das vorgestellt hast, trägt wohl auch dazu bei, dass diese Geschichte etwas Besonderes für dich ist. Wäre alles so abgelaufen wie üblich, hättest du jetzt eine Kerbe mehr im Bettpfosten, wenn ich das mal so profan ausdrücken darf, aber es wäre eben auch nichts Besonderes gewesen."

„Vermutlich hast du Recht. Außerdem ist es echt spannend, wie bei einem Fortsetzungsroman. Man wartet darauf, dass die nächste Folge kommt, aber man hat keinen Einfluss darauf, was sich in ihr abspielt."

Dita umarmte mich und sagte: „Ich drück dir alle verfügbaren Daumen, dass das Leben für euch ein Wiedersehen bereit hält."

„Insha Allah!"

Und wie geht es dem Rest der Gang?

Inzwischen habe ich erfahren, dass Said für mehrere Auftritte in Kuala Lumpur verpflichtet worden ist. Er hofft, auch eines Tages in Europa auftreten zu können.

Issams dritte Ehefrau hat ihn auch verlassen. Sie hat – woher auch immer – in Erfahrung gebracht, dass er vor einigen Jahren wegen des Missbrauchs einer Minderjährigen verurteilt worden war. Er lebt jetzt in seinem Haus auf dem Baa-Atoll. Sein Geschäft hat seine Ex-Frau übernommen.

Hasin komponierte weiter und träumte von einem neuen Glück mit Ines.

Und Karim hat die Reibekuchen ausprobiert „nach original deutschem Rezept". Bereits nach einein- halb Stunden waren keine Kartoffeln mehr da. Künftig wird der Mittwoch der „Reibekuchentag" in Male werden.

Danksagung

Wie immer gebührt ein herzliches Dankeschön Olaf S., der Fan und Kritiker zugleich ist, und mich auf fehlende Zusammenhänge oder unlogische Handlungen aufmerksam gemacht hat.

Ein Dankeschön geht auch an Tanja Will, deren begeisterte Schilderung der Malediven mich erst auf die Idee gebracht hat, diese Reise anzutreten.

Und schließlich bedanke ich mich bei Betty und Sonja, die mir während meiner Reise und danach inspirierende und witzige Freundinnen waren und auch künftig sein werden.

Zeitfracht Medien GmbH
Ferdinand-Jühlke-Straße 7
99095 Erfurt, Deutschland
produktsicherheit@kolibri360.de